清江听风

朱汉锋

SPM 南方出版传媒 广东人民出版社
·广州·

图书在版编目（CIP）数据

清江听风 / 朱汉锋著．—广州：广东人民出版社，2019.5（2023.1重印）

ISBN 978-7-218-13501-4

Ⅰ．①清…　Ⅱ．①朱…　Ⅲ．①诗集—中国—当代　Ⅳ．①I227

中国版本图书馆CIP数据核字（2019）第066324号

QINGJIANG TINGFENG

清　江　听　风

朱汉锋　著

出 版 人：肖风华

书名题字：刘斯奋
赏析作者：行者无痕
责任编辑：梁　茵　廖志芬　谢应祥
责任技编：吴彦斌　周星奎

出版发行：广东人民出版社
地　　址：广州市大沙头四马路10号（邮政编码：510199）
电　　话：（020）85716809（总编室）
传　　真：（020）83289585
网　　址：http: // www.gdpph.com
印　　刷：永清县晔盛亚胶印有限公司
开　　本：890mm × 1240mm　1/32
印　　张：8.375　　　　字　数：242千
版　　次：2019年5月第1版
印　　次：2023年1月第2次印刷
定　　价：39.00元

售书热线：（020）87716172

清风维度（代序）

朱汉锋

风从山中来
等那兰花开
今天
回归山兰初地
在清风明月之间
以诗系之
开启耳顺空间

一维乃高度
致静致远
万古长空绝飞鸟
一朝风月空流云
二维乃广度
致情致性
行到山穷水尽时
满腹诗书归大海
三维乃深度
致理致明
清不见底心海里
风不见影诗行中
四维乃温度
致真致诚

天生一剂春秋诗
诗书半卷了风尘
五维乃风度
致善致美
景入情时心为渡
禅到无为魂亦空

耳顺之年
以耳观音听风赏月
以诗编织清风维度
足矣

(2018/6/17)

心向诗行五维度

——《清风维度》赏析

行者无痕

这是一首别样的诗，是清风诗人在“耳顺之年”的感悟之作，也是一首禅意绵绵的诗。耳顺的“耳”讲的是感知，清风诗人通过耳顺之年特有的感知系统，开启人生与诗的新境界，别有一番洞天。孔子曰：“吾十有五而志于学，三十而立，四十而不惑，五十而知天命，六十而耳顺，七十而从心所欲，不逾矩。”清风诗人笔耕不辍，潜心多年，探索属于自己的、蕴含诗生命力的精神家园，构建一个以“禅”为境界的立体诗意世界。诗路是渐悟，维度是顿悟。诗人寻找诗心归宿，提出清风“五维五悟十致”空间，这是诗人在自己六十岁时所达到人生崭新高度的诗性自觉和自我定位。五维：高度、广度、深度、温度、风度；五悟，这是清风感悟的诗路五步曲：景、情、心、魂、空。“五维五悟”以心为心，从心出发，收放自如，达至“十致”：致静致远、致情致性、致理致明、致真致诚、致善致美。诗心无拘无束，赏心魂之致善致美，达至禅宗所言“空”的境界。“五维五悟十致”是清风诗人的心学智慧，既是做人的境界，也是诗的境界。诗人以不可复制的人生经历，对生命的独特见解，特有的职业观察力、哲学方面的辩证思维能力、进入耳顺之年的感知力，构建与众不同的特有意象，表达直达灵魂深处的禅境、美感与哲思，并且不断发展，开创诗生活新境界。全诗彰显了清风诗风格：清不见底，风不见影。让人遐想无限，意象只可意会不可言传，进一步体现清风诗特色：不著一字，尽得风雅；不用禅语，时得禅理；诗中有画，画中有诗。清风诗人寻找心的归宿，耳顺之年又从心出发，以诗通达四方，“心向诗山行，命从禅里度”，实在妙不可言。

第一段，“风从山中来／等那兰花开／今天／回归山兰初地／在清风明月之间／以诗系之／开启耳顺空间”。风从山中来，寓意清风诗人来自瑶寨大山深处，那是诗人梦牵魂绕的故乡，那是童年的美好时光。诗人荣归故里，他一直热爱故乡，那里的清风明月，是诗心的源泉。诗人以诗的创作与耳顺感知空间结合，探索清风诗“五维五悟十致”的境界。

第二段，“一维乃高度／致静致远／万古长空绝飞鸟／一朝风月空流云”。清风一维度是高度，也是感悟诗的心路“景”。高度本是个物理空间的概念，但不仅仅是空间高度，这里有高瞻远瞩的含义，程度很高，有着丰富的社会文化内蕴。“致静致远”，静水流深，志存高远。诗句描绘了一种空寂的景象，让人体味到一种心灵的高度。

“二维乃广度／致情致性／行到山穷水尽时／满腹诗书归大海”。清风二维度是广度，也是感悟诗的心路“情”。广度，指气度宽宏。“致情致性”，真性情、不做作，感情丰富，率性而为，尽显本性。诗人有着“行至水穷处，坐看云起时”的境界，启迪诗心，心境闲适，随意而行，自由自在，写出第五本诗集《把诗扔回大海》，寻找诗性回归，写出了诗人淡逸的天性和超然物外的风采。

“三维乃深度／致理致明／清不见底心海里／风不见影诗行中”。清风三维度是深度，也是感悟诗的心路“心”。深度，表示一个人的学识、修养很高。“致理致明”，人心至灵，至理至明；人皆有心，心皆是理。清风诗风格“清不见底，风不见影”，万法归心，语浅意深，耐人寻味，滋润人的心灵。

“四维乃温度／致真致诚／天生一剂春秋诗／诗书半卷了风尘”，清风四维度是温度，也是感悟诗的心路“魂”。温度是热度，引申为关注的程度。“致真致诚”，真实可靠，诚实可信，达到“返璞归真”中“真”的境界。诗人落笔写春秋，把大爱与温情藏在诗中，甚至于以诗疗伤，洗却风尘中的烦恼。

“五维乃风度／致善致美／景入情时心为渡／禅到无为魂亦空”。清风五维度是风度，也是感受诗的心“空”之悟，大道至简，放下心情，回归初心，安享耳顺境界，此乃善哉美哉。风度是人美好的举止、姿态或气度，是一个人内在实力的自然流露，是一种魅力，是最直观的素质。“致善致美”，真善美达到极致，最真实、最善良、最美好。

“致善致美”，无论人格还是诗，都是最高境界。色即是空，空即是色，不二法门，达至心无旁骛。

第三段，“耳顺之年／以耳观音听风赏月／以诗编织清风维度／足矣”。表达诗人到达六十耳顺之年，人生又上一个台阶，知足常乐，豁达超然，潇洒大度。用耳感知风月，以“五维五悟十致”的境界，构建清风诗的新境界，耐人寻味。

目录

上篇

中篇

下篇

清江听风

上篇

梦的天河

01

今夜
与天河擦肩
发觉这里飘着许多的梦
有一个梦
从百年前走来
向百年的远方走去
曾经沧海
几多辉煌
多少执着与梦想
初心还是那个初心

有一个梦
聚在同一棵大树
那树生于天地之间
做的是苍穹之梦
心于长空
长空之下
乾坤多少变迁
一切都是如此的渺小

天河里
有一群翱翔的白鸽
蓝天的深邃
那是好梦萌发的地方
群鸽同行的节奏
发出同频共振的妙音
在寂静的子夜
催那天河上下的生灵
同眠

（2017/8/25）

【赏析】

全诗围绕“梦”，以寻常言语入词，看似平平淡淡，却抒发了家国之梦、天地之梦、大众之梦的情怀。梦想如天上的银河，让人想起唐代诗人李贺《天上谣》：“天河夜转漂回星，银浦流云学水声”。梦想之美，如天河璀璨，迢迢的天河引起多少美丽的梦想和励志的故事。诗的写作背景源于一群意气风发的年轻人在舞台上有声有色的表演，辛勤与汗水的背后，闪耀着青春与梦想。全诗想象丰富，用联想、比兴的手法，运用声音产生视觉效果，更蕴含了天人合一的意境，让人遐思迩想。

第一段，以白描手法引入，“今夜／与天河擦肩／发觉这里飘着许多的梦”。天河，一语双关，既是年轻人演出的地点，更是熠熠生辉的银河，诗人由此引发联想，百年前中国人的梦想、百年后的中国梦，饱经沧桑、苦难辉煌，执着与梦想的背后，“初心还是那个初心”。“中国梦”就是“家国之梦”，诗人抒写家国之梦，表达坚持信念就是幸福的意境。

第二段，“有一个梦／聚在同一棵大树／那树生于天地之间／做的是苍穹之梦”，让人想起曹操《观沧海》：“星汉灿烂，若出其里”。追梦的道路挥洒豪情，扬鞭奔腾，策马飞奔，闯出自己的天地，天地有多大，梦有多潇洒。心于长空之外，身于乾坤之间，在宇宙之中，人看起来很渺小，宇宙是自然大天地，人则是一个小天地。这里蕴藏了儒家天人合一的思想，表达了天地之梦。

第三段，“天河里／有一群翱翔的白鸽／蓝天的深邃”，用象征的手法描写眼前一群逐梦的年轻人精彩绝伦的表演，表达大众之梦，大家的梦想让今夜更精彩。诗句有跳跃的联想，正是表达“那是好梦萌发的地方”。“群鸽同行的节奏／发出同频共振的妙音”与“在寂静的子夜”形成鲜明对比，从听觉的盛宴引起视觉效果的比兴手法，动静之间，群鸽飞舞，让人浮想联翩。“催那天河上下的生灵／同眠”，天上的银河夜里还在潺潺，飘荡着闪闪群星，银河两岸的流云，在宁静与平和中，一座城共同进入梦乡。一个美丽的梦想，不想从梦中醒来。这是大家的梦想，也是如诗如画的梦的天河。

天河种诗

02

小时候
喜欢躺在村口草垛上
仰望星空的天河
外婆说
天河有水有桥有神仙
我梦想着
要淌淌天河
寻找神仙

那一年
来到天河插秧
耕云播雾
一夜春雨梦
半脸汗水诗
一株碧绿
满地生机
十里田园白云动
百舸争流河溪涌

那一年
东种琼楼西种塔
风卷小蛮腰
扬帆珠江道
洋店满城风萧瑟
行者独饮茶半夏
沧海桑田
换了人间
在那灯火阑珊处
多了几分浪漫几分诗意

当年的播种
生出鳞次栉比的楼群
在围城的一角
有往日种下的禾苗
这一刻
清风又绿天河岸
朗朗金秋好种诗
淌过天河
便是神仙
彼岸
就是诗的桃源

（2017/11/18）

【赏析】

这首诗以“天河种诗”为题，写在广东地税作协天河分会成立之际。“种”是诗眼，充满灵气，种的不仅是诗的家园，更是心中桃源。天河，既指广州市的新城中心、位于新中轴线上商业发达的天河区，又寓意天上充满遐想和动人故事的银河，更隐喻广东地税作协在天河成立分会，这里的文学春天即将到来。全诗有著名学者王国维所言的“有我之境，物皆著我之色彩”。王国维说：“能写真景物，真感情者，谓之有境界。”诗人以饱含感情的笔触写真景抒真情，境界开阔，诗中有画，充满时空感，不只是浅表的视觉美，更具有深远的意境美，把言外之境的画意渗透到时空意象中，气象宏大。全诗生动形象地从诗人小时候对天河之上的银河的想象入题，带领读者进入广州天河地区的过去、现在、未来的世界，更糅合不同时空种诗的心路历程。表达诗人对天河这块宝地的深厚感情、美好憧憬以及如天上银河一样无限的诗心。全诗虚实结合，虚则实之，实则虚之，如梦如幻，笔墨酣畅，联想丰富，想象独特，正如刘勰所说：“文之思也，其神远矣，故寂然疑虑，思接千载；悄然动容，视通万里。”（《文心雕龙·神思》）

第一段，是全诗的引子，种诗的缘由，一语双关的“天河”，既是诗人心中的仙境，又是诗歌创作的灵感。“小时候／喜欢躺在村口草垛上／仰望星空的天河／外婆说／天河有水有桥有神仙”。廖廖几句，蕴含了诗人热爱的童年、故乡、外婆，这些都是诗人诗歌创作的源泉。“我梦想着／要淌淌天河／寻找神仙”。这是诗人的初心，也是心中的桃源。

第二段，勾勒了天河昔日满眼稻田，一幅乡村的画卷。“那一年来到天河插秧／耕云播雾”。过去的天河处处农田，农民耕种插秧，但在诗人眼里却是“一夜春雨梦／半脸汗水诗”，充满诗情画意。“一株碧绿／满地生机／十里田园白云动／百舸争流河溪涌”，到处是生机勃勃的稻田，河涌纵横交错，还有龙舟竞渡，风光无限好。不难看出，诗人眷恋当年天河的田园风光。

第三段，细腻描绘今天高楼林立的商贸中心天河区。“那一年／东种琼楼西种塔／风卷小蛮腰／扬帆珠江道／洋店满城风萧瑟／行者独饮茶半夏”。这里描写了广州的特色之处，随着城市化的进程，昔日的田园风光不再，取而代之的是东塔西塔等高楼大厦拔地而起。广州塔成为广州的标志性建筑，游人如织，海心沙、二沙岛、珠江边成为大家的好去处。处处是商店林立，唯独诗人独爱本土特色的广东凉茶，半夏正是凉茶的主要成分。“沧海桑田／换了人间／在那灯火阑珊处／多了几分浪漫几分诗意”。通过抒情表达诗人对世事变迁的感慨，也是对美好诗心的追求，字里行间流露诗人达到人生第三重境界：“纵使沧海桑田，蓦然回首，浪漫与诗意就在灯火阑珊处。”

第四段，对天河的未来充满憧憬。“当年的播种／生出鳞次栉比的楼群／在围城的一角／有往日种下的禾苗”。尽管今非昔比，但当年种下的禾苗，依然是人们心中向往的绿洲，高楼大厦的背后，是诗人对生命的守望。“这一刻／清风又绿天河岸／朗朗金秋好种诗”，描绘了新时代人们对朗朗乾坤、美好生活的向往，对优秀传统文化回归的期盼。“淌过天河／便是神仙／彼岸／就是诗的桃源”。与第一段呼应，种禾、种城、种梦想，诗人借外婆口中的故事，淌过天上的银河便是神仙，表达了诗人积极向上、自信豁达的人生态度，那个能种诗的神仙和神仙的栖息地，正是诗人心中的桃源。每个人心中都有一个桃源，有桃源的地方一定有诗。

天河初地

03

【题记】人生路漫漫，每一步，每一站，每一段路，都是初地，迈了一步，下一步就是新的开始，无始无终，以至无穷。

那一年
一叶芦苇
漂流到了天河
河岸的水草
遮住了陌生的脸庞

爬到岸上
有一股鱼腥味
榕树下的小渔村
供着渔民信奉的神
大宅飘来的香火
缭绕着千年的往事
多少年来
聚了些许人气
来贵地
在河边开个鱼档
观河里鱼汛

一挥间
十五年过去
中流击水
众流奔腾而下
水涨船高
鱼儿进了湖里
在这宁静的港湾
没有渔船的轰鸣声
没有螺旋桨的伤害
一年四季
湖岸的花飘下来
品花茶的美

呵呵
曾经孤舟闯天河
回眸千山照故人

（2018/3/10）

【赏析】

诗人奋斗在工作岗位的最后一百天，即将为自己四十五年的工作生涯画上圆满的句号。四十五载往事回眸，历历在目，心路历程，路过就是无怨无悔。这一时期，是一条诗意的河流，清风从山中来，清风从河中回，诗意栖居大地，有着“转山河大地归自己，转自己归山河大地”的人生境界。“诗中有画，画中有诗”，这是清风诗人给自己工作生涯一份有特别意义的告别礼。清风风格与清风诗特色尽在诗中体现。清风风格：清不见底，风不见影。清风诗特色：不著一字，尽得风雅；不用禅语，时得禅理；诗中有画，画中有诗。

以“天河初地”为题，回忆十五年的变化，也是天河的变化，洋溢时空意蕴。何为初地？诗人眼中，人生路每一步，每一站，每一段路，都是初地。十五年是一个时空意境，承载很多美好的回忆。诗人以一苇渡江比喻来到天河，表达一种豁达洒脱的人生态度，字里行间流露因果回报的禅宗境界，耐人寻味。全诗行云流水，运用比喻、拟人、夸张的手法，用通俗易懂的故事形式诉说十五年的变化与经历，娓娓道来，富有美感，充满禅味。

第一段，“那一年／一叶芦苇／漂流到了天河／河岸的水草／遮住了陌生的脸庞”。十五年前，清风诗人从部队转业到天河，如达摩祖师一叶芦苇渡江，以豁达潇洒的人生态度面对新的挑战，尽管困难犹如河岸的水草萦绕，褪去了曾经辉煌和功勋卓著的光环，一切由零开始。

第二段，“爬到岸上／有一股鱼腥味／榕树下的小渔村／供着渔民信奉的神／大宅飘来的香火／缭绕着千年的往事／多少年来／聚了些许人气／来贵地／在河边开个鱼档／观河里鱼汛”。“爬”，表达当年的艰辛。以渔村、渔民、开鱼档、观鱼汛的通俗故事，隐喻当年一切从头再来，适应新的环境。不难看出，诗人谦卑与淡定的心态。

第三段，“一挥间／十五年过去／中流击水／众流奔腾而下／水涨船高／鱼儿进了湖里／在这宁静的港湾／没有渔船的轰鸣声／没有螺旋桨的伤害／一年四季／湖岸的花飘下来／品花茶的美”。十五年弹指一挥间，环境变化，适者生存，鱼儿从河里进入湖里，热闹的鱼汛变成宁静的港湾，正如人的成长，由风风火火到泰然处之，超然物外，品茗观花，静看花开花落。江海入静湖，华丽转身，随遇而安，表达诗人从“转山河大地归自己”升华到“转自己归山河大地”的人生境界。

第四段，“呵呵”，表达诗人看淡、看透、悟透的境界。“曾经孤舟闯天河／回眸千山照故人”。全诗点睛之笔，表达一种因果回报的禅宗境界。诗人曾经独闯天河，感激友情，感恩相助，世事无常，因果轮回，曾经受助，今朝助人，有付出总有回报。回眸往事，人生就是一场路过，路过就是应无怨无悔。

故乡漂来的青苔

04t

【题记】记得住你从哪里来，就知道你要回哪里去。

祖上的老井
数百年了
传说与明朝有点瓜葛
那一年发洪水
井里的青苔脱落
水井溢出
小苔花漂入北江珠江
闯荡江湖

那年那月
青苔黏上天河北岸
教书先生说过
树叶茂盛一侧为南方
长青苔的一面是北方
北方
北斗星
老家的方向
年复一年
微微清风绿江岸
纤纤苔花报春来

夕阳下
苔花一片金黄
晚风吹过
还是老井青苔的味道
呵呵
苔花不离故土情
化作风铃唤春风

（2018/3/11）

【赏析】

诗人以“故乡漂来的青苔”自喻，一个“漂”字饱含沧桑岁月。从故乡漂来，记住故乡的一花一草、一山一水，那是孕育初心之处。苔花思乡，故乡情怀，也是诗心源泉，表达“我从故乡来，回到故乡去”的心境和超然物外的境界。全诗犹如一个小故事，通俗易懂、简洁明快，用夸张和比拟的手法，语言生动、想象丰富，现代诗镶嵌古体诗，充满着深邃的思想和时空意境，让人遐思迩想。

第一段，“祖上的老井／数百年了／传说与明朝有点瓜葛／那一年发洪水／井里的青苔脱落／水井溢出／小苔花漂入北江珠江／闯荡江湖”。一个青苔的故事娓娓道来，也是诗人家族的故事。祖辈辉煌显赫，老井也增辉不少，先祖迁徙岭南，闯出一片天地。诗句巧妙运用老井、洪水、青苔、苔花作隐喻，想象丰富，语言幽默，串成故事，让人冥想。

第二段，“那年那月／青苔黏上天河北岸”。诗人自喻为青苔，十五年前来到天河北闯荡。“教书先生说过／树叶茂盛一侧为南方／长青苔的一面是北方／北方／北斗星／老家的方向”。只有在太阳照不到的北方，才适合青苔的生长，青苔从故乡来，从北面来，那是北斗星的方向。诗人是一名军人，知道方向的重要。此时，诗人“记得住你从哪里来，都知道你要回哪里去”的感悟，是对人生哲学的最好诠释。“微微清风绿江岸／纤纤苔花报春来”，诗句对仗工整，让人如沐春风，感受到即使有困难有挫折，但诗人都会低调谦卑，用豁达乐观的心态去面对，心若安好，一切安排都泰然处之。

第三段，“夕阳下／苔花一片金黄／晚风吹过／还是老井青苔的味道”。夕阳西下，黄昏时分，苔花金黄，虽然如米小，却是一片金黄。晚风吹过，诗人喜欢的“还是老井青苔的味道”，因为这是故乡的味道。“呵呵”，表达诗人“但得夕阳无限好，何须惆怅近黄昏”的心境。“苔花不离故土情／化作风铃唤春风”，无论苔花还是青苔，无论漂到哪里，始终故土情深。在春天风铃花盛开的季节，春风拂面，犹如风铃摇曳，寓意一切都会更加美好。

芳草依依

05

【题记】青青河边草，有你的影子，你懂它，它就懂你。

天河岸边的草
有点特别
它们的故乡
在上游的某处荒野
也许来自西域
长得那样的婀娜
或许来自云贵
飘着高原的冷香
那江边的芦苇
也许是僧人渡江落下的
此刻江岸
只见晚风阵阵来
未闻芦苇吱吱声

河水悠悠
芳草依依
水自故乡来
草是江岸客
雾锁江口
也无浪涛也无船
走过四季
只有小草知我心
故舟里
平沙淡舟影
蓑翁任山行

呵呵
深潭不留源头水
浅草还念故土情

（2018/3/12）

【赏析】

芳草依依，恋恋不舍。不舍的是曾经面对的芳草园地，给人带来的快乐；不舍的是相互懂得、相互理解的友谊；喜欢的是低调谦卑的小草，更让人想起那一首《小草》。题记“青青河边草”，是古诗比兴的手法，引出诗人要表达的情感：有你的影子，你懂它，它就懂你。无论是花与草之间的微笑，还是人与人之间的相处，相互懂得是一份纯洁的感情。全诗以“芳草”为线索，想象丰富，运用比喻、拟人和夸张的手法，诗中有画，画中有诗，充满时空意境，有一种天人合一的境界。

第一段，“天河岸边的草／有点特别／它们的故乡／在上游的某处荒野／也许来自西域／长得那样的婀娜／或许来自云贵／飘着高原的冷香／那江边的芦苇／也许是僧人渡江落下的／此刻江岸／只见晚风阵阵来／未闻芦苇吱吱声”。诗句勾勒了一幅美丽的图画，天河岸边、特别的草、江边芦苇、阵阵晚风，给人悠然自在的感觉。草的特别，在于既有西域的婀娜又有云贵的冷香，也许正是这种低调与谦卑，让诗人感觉似曾相识，时空穿越，轻快自如，有点古风有点禅味。

第二段，“河水悠悠／芳草依依／水自故乡来／草是江岸客／雾锁江口／也无浪涛也无船／走过四季／只有小草知我心／故舟里／平沙淡舟影／蓑翁任山行”。诗是一幅画，画是一首诗。诗与画用白描的手法描摹一幅淡雅平静的画卷，河水、芳草、大雾、江口、小舟、蓑翁、小山，构成人与自然和谐的意境美。诗人与小草惺惺相惜，因为懂得，因为理解。

第三段，“呵呵”，表达一种超然脱俗的境界。“深潭不留源头水／浅草还念故土情”。在青山碧水间孕育的芳草，在天地间深情地绽放属于自己的绝代风华，低调谦卑又不失个性，充满人情味，正是这种懂得，才是有情有义的小草，与故乡的小草同源。

榕树下

06

【题记】榕树下的事也许与你无关，但与你的初心紧紧相连。

外婆说
有榕树就有村庄
外婆家的梁屋
是个大寨子
河边的大榕树形如龙
被村民们供奉着
一串串树根撩着河水
划起了阵阵涟漪
清澈的马安河
在村前拐了个弯
带着传说
奔遥远的天河去了

那年那月
来到天河北岸
两棵大榕树
覆盖了半个渔村
有点灵气
有点熟悉
不知道这榕树
和老家那棵是什么牵扯
总想找出头绪
树上一个个打结的问号
缠绕了我的思绪

天河岸
榕树下
春雨潇潇
绿草茵茵
来自故乡的河水

飘来一个木盆
带了朱家码头春的讯息

（2018/3/13）

【赏析】

这首诗运用含蓄的笔触，透过“榕树”，表达初心所依、有容乃大的榕树精神。在诗人眼中，故乡与外婆的记忆，与初心紧紧相连，那是落叶归根之处。榕树有独特之美，象征“生命力旺盛”。全诗以故事的形式娓娓道来，诗中有画，画中有诗，以榕树作比喻，表达如榕树般顽强的生命和希望，以及有容乃大的人生态度。

第一段，“外婆说／有榕树就有村庄”。外婆的话表明，有榕树就有人家，就有生命。“外婆家的梁屋／是个大寨子／河边的大榕树形如龙／被村民们供奉着／一串串树根撩着河水／划起了阵阵涟漪／清澈的马安河／在村前拐了个弯”，梁屋、大寨子、形如龙的大榕树、被村民们供奉的粗大树根、马安河，一幅淡雅清新、宁静致远的画卷，这就是榕树下的朴实生活，表达榕树有容乃大的精神。“带着传说／奔遥远的天河去了”，带着村子的历史和榕树的故事，诗人少年离开故乡、离开大山、离开榕树，奔向远方。诗句为第二段诗人在工作了十五年的天河又见榕树作了铺垫。

第二段，“那年那月／来到天河北岸／两棵大榕树／覆盖了半个渔村／有点灵气／有点熟悉／不知道这榕树／和老家那棵是什么牵扯／总想找出头绪／树上一个个打结的问号／缠绕了我的思绪”。诗人转业来到天河北岸，没想到这里有两棵大榕树，一端故乡，一端现实，空间转换，无限遐思。这两棵大榕树覆盖了半个渔村。有点灵气，有点熟悉，让诗人想起故乡的榕树，让人遐想无限，也许诗人无论遇到什么困难，都会回忆起故乡榕树下的那片初心，那是希望的象征。

第三段，“天河岸／榕树下／春雨潇潇／绿草茵茵”。天河岸、榕树下、春雨、绿草，勾勒出一幅春的画卷，给人活力、给人希望，预示着改革大潮来临。“来自故乡的河水／飘来一个木盆／带了朱家码头春的讯息”，隐喻春的喜讯，新生命的诞生，生生不息，代代相承，如外婆所言“有榕树就有村庄”，榕树是新生命的象征，是初心之处、希望所依。

风雨梦

07

【题记】把穿越风雨的梦记下来，就是一首诗。

一缕风
飞过那陌生的荒岛
风过山川百里
唤起白鹭一行
风过
山水依旧
百鸟没了踪影

一场雨
下了一夜
洒落在干涸的沙漠上
拯救地核里的生命
混沌界
也无风雨也无晴
人间多少事
无关风情

一个梦
又是飞翔的梦
展翅蓝天
一个没有边界的空间
梦多长
天就有多宽广
即使梦中翱翔瞬间
也已是
八千里路云和月

呵呵
风过心田万里春
梦越关山一夜还

（2018/4/14）

【赏析】

全诗从风到雨到梦，构筑了风雨梦，意蕴深远，富含禅意，表达经历风雨后，到达人生第三重境界“看山还是山”（人生三大境界：看山是山，看山不是山，看山还是山），纵使是梦还是梦，现实还是现实。题记“把穿越风雨的梦记下来，就是一首诗”，表达诗人超然物外的境界，诗样生活，诗意人生。全诗穿越时空，通过诗中有画的细腻描写，运用比拟、夸张的手法，表达诗人平和淡然的心境，随遇而安和潇洒脱俗的人生态度。人生路过，就是无怨无悔。曾经风雨，再看世情，无非是云淡风轻，不过是日升日落。正是：人本是人，不必刻意去做人；世本是世，无须精心去处世。

第一段，“一缕风／飞过那陌生的荒岛／风过山川百里／唤起白鹭一行／风过／山水依旧／百鸟没了踪影”。风过时，唤起白鹭；风过后，一切依旧。如风如梦，如诗如画，通过风的描写，表达一种归于平静的禅宗境界。

第二段，“一场雨／下了一夜／洒落在干涸的沙漠上／拯救地核里的生命／混沌界／也无风雨也无晴／人间多少事／无关风情”。前四句描写了一场及时雨，洒落沙漠，拯救生命。后四句借景抒情，表达雨过后，一切回到原点，现实就是现实，绚烂之极过后往往是归于平淡，一颗怜悯善良心，平平常常的心。

第三段，“一个梦／又是飞翔的梦／展翅蓝天／一个没有边界的空间／梦多长／天就有多宽广／即使梦中翱翔瞬间／也已是／八千里路云和月”。梦是飞翔，是没有边界，有梦想就会努力。通过梦的描写，表达即使梦是梦，现实还是现实，人还是要努力，这样的人生才无怨无悔。

第四段，“呵呵”表达诗人豁达宁静的心境。“风过心田万里春／梦越关山一夜还”。经历过风雨洗礼，梦依旧是梦，现实依然是现实，但诗人“心无旁骛似明镜，无风何处起涟漪”，达到人生第三境界“看山还是山”。通过修炼，从渐悟到顿悟，提升到第三重人生境界。茅塞顿开，回归自然。任红尘滚滚，自有清风朗月。面对芜杂世俗之事，一笑了之，了了有何不可。此时此刻，诗人因此到达人生第三重境界“看山还是山”。

夜兰闲诗

08

【题记】闲静时，兰自开，诗自来。

夜里
漫步东巷
随长影
一步退到了民国
旧人已散去
故园还欲语
那斑驳的红楼
那矮了几分的大门
没有一丝风动
静了夜空
闲了路人

拐弯的墙角
嗅到了兰花的味儿
不由得寻香去
环顾四周
不见兰花影子
君不面见风已醉
留有余香伴路行

老巷深深
兰香习习
一步三回头
不见兰花
只见一只小狗尾随
呵呵
闲来无事生兰香
信步有悟好作诗

（2018/4/12）

【赏析】

夜兰闲诗，不见兰花，却闻兰香，只因心中诗意盎然。全诗颇有时空意蕴，夜里散步，心有兰香，似山谷游荡，又如回到民国时代。诗人笔下处处有美感，字里行间流露淡然恬静的人生态度。题记“闲静时，兰自开，诗自来”，表达诗人闲暇时光，热爱写诗的情怀，诗如涌泉如兰花自开。同时也表现了诗人“眼中有物，满目皆可生香；心里有景，荒凉亦是繁华”的人生境界。

第一段，“夜里／漫步东巷／随长影／一步退到了民国／旧人已散去／故园还欲语／那斑驳的红楼／那矮了几分的大门／没有一丝风动／静了夜空／闲了路人”。诗人夜里散步触景生情，有感而发。看到故园，思绪的时空回到民国时代。可惜今天故园物是人非，昔日曾经辉煌一时，现在归于平静。寓情于景，表达诗人淡泊宁静的心境。

第二段，“拐弯的墙角／嗅到了兰花的味儿／不由得寻香去／环顾四周／不见兰花影子”。诗人在拐弯的墙角嗅到兰花的味道，却寻香不见花。“君不面见风已醉／留有余香伴路行”，表达诗人豁达洒脱的人生境界，心中有花，满目皆花。

第三段，“老巷深深／兰香习习／一步三回头／不见兰花／只见一只小狗尾随／呵呵／闲来无事生兰香／信步有悟好作诗”。诗人寻寻觅觅，却始终只闻花香不见花影。即使这样，诗人闲庭信步，心中有兰香，自然诗意盎然。除却心中的杂念，拂去眼前的尘沙，留一份宁静，守一份诗心，活出诗意人生。

在水一方

09

【题记】有的人回故乡有船票，有的人有船票回不了故乡；有的人有缘结伴同行，有的人天生孤独天涯。

坐在岸边
喜欢口哨一曲——
绿草苍苍
白雾茫茫
有位佳人
在水一方

在渔村有些年头了
原本买了船票
过些天回故乡去
沧海桑田
河东河西
天河自古多变迁
说河要改道
渔民收拾行囊
翻阅自家残缺的族谱
寻觅迁徙的方向
或许
春来故舟行我路
秋去柳岸已成河

河水悠悠
炊烟袅袅
那歌那口哨
依然在水一方
呵呵
鹤惊芦花排云上
一叶扁舟渡夕阳

（2018/3/14）

【赏析】

这首诗以《诗经》的句子“在水一方”为题，另辟蹊径，从另一个角度看待改革的大潮。在水一方，心如止水，静观其变，以不变应万变。题记正是描述不同人不同际遇，构成多姿多彩的人间百态。全诗具有一种艺术意境，用渔民的故事含蓄表达在改革的浪潮面对现实，拥有宁静致远的心境，表达一种豁达从容的心态，蕴含天人合一和凡事顺其自然的意境。全诗具有事实虚化这一艺术特色。事实虚化指诗的创作源于对具体事物的感触，意境中可看到一些实实在在的人事场景，然而诗人把其中应有的主要人物事件都虚化了。

第一段，“坐在岸边／喜欢口哨一曲——／绿草苍苍／白雾茫茫／有位佳人／在水一方”。诗人坐在岸边口哨一曲《在水一方》，表达一种悠闲宁静的心境，回忆曾经在水一方的时光。

第二段，“在渔村有些年头了／原本买了船票／过些天回故乡去／沧海桑田／河东河西／天河自古多变迁／说河要改道／渔民收拾行囊／翻阅自家残缺的族谱／寻觅迁徙的方向／或许／春来故舟行我路／秋去柳岸已成河”，描述了渔民归乡、天河变迁、河要改道、渔民迁徙的故事，春去秋来，也许已是物是人非，一切不复存在……用隐喻的方式表达改革是历史的必然选择。

第三段，“河水悠悠／炊烟袅袅／那歌那口哨／依然在水一方／鹤惊芦花排云上／一叶扁舟渡夕阳”。河水、炊烟、口哨缭绕、白鹤惊飞、芦花纷飞、白云萦绕、一叶扁舟、夕阳西下，勾勒一幅淡雅清新的画卷，具有天人合一的意境。其实万事万物都要符合大自然的发展规律，一切顺其自然。

石狮子的对话

⑩

【题记】可施教化者，师也。

那年那月
门口来了两只石狮子
一左一右
注视着川流不息的天河
平日目瞪口呆
今天路过
听见它们在斋聊——

人类成天忙忙碌碌
不知图个啥

　　为了梦想
　　我们有梦但不去想
　　想多了会烦

岸边来来往往的人
怎么愁眉苦脸

　　我们雨淋日晒
　　想哭但不再流泪
　　因为哭干了才成了石头

岸边都是美食
这里的渔民过得好幸福

　　我们不用吃饭
　　所以不知道幸福是啥味道
　　当你知道味道的时候
　　宁愿做石狮子

……
下雨了
狮子不披蓑衣
泰然自若
笑看人间凡尘
呵呵
本无风雨本无事
只缘狮子自扰之

（2018/3/15）

【赏析】

石狮的对话，充满禅味的心灵对话，道出了人生百态。全诗想象丰富，意蕴深远，运用拟人手法，透过石狮三段对话，从梦想、现实、幸福的角度，表达“世上本无事，庸人自扰之”的生活智慧，表现“心本无尘，尘即是心，无心亦无尘，有心即有尘”的悟空禅境，表达诗人超然豁达的大悟境界。题记：“可施教化者，师也。”洋溢着古韵风骨，表达能者为师的思想，凡是可以教化大众的事物，皆可成为老师。全诗与禅宗六祖慧能大师所做的偈语“菩提本无树，明镜亦非台。本来无一物，何处惹尘埃？”意思有异曲同工之妙。

全诗具有事实虚化、意象空灵、整体象征的艺术特色。事实虚化是指诗的意境中，总可看到一些实实在在的人事场景，然而诗中把主要人物事件都虚化了。意象空灵指诗中所描述的景象，是由许多类似事件、类似感受所综合、凝聚、虚化成的一种典型化的心理情境。这种心理情境的最大特点，是不粘不滞、空灵多蕴。整体象征，不是某词某句用了象征辞格或手法，而是意境的整体象征，着眼于它的意境的人生象征意蕴。

第一段，“那年那月／门口来了两只石狮子／一左一右／注视着川流不息的天河／平日目瞪口呆／今天路过／听见它们在斋聊——”，用白描手法开篇直接入题，门口一左一右两只石狮注视着川流不息的天河，也许平时的耳濡目染，才有如此精彩的对话。

第二段，三段对话，从梦想、现实、幸福的角度表达不同人的心态，“人类成天忙忙碌碌／不知图个啥／为了梦想／我们有梦但不去想／想多了会烦”。不知人忙碌为了啥，原来为了梦想，其实有梦就好，想多了会烦，庸人自扰，寓意活在当下就是最好。“岸边来来往往的人／怎么愁眉苦脸／我们雨淋日晒／想哭但不再流泪／因为哭干了才成了石头”。现实生活的人愁苦和焦虑，哭干了成为石头，人也麻木了，寓意开开心心过日子才是最好，心本无尘，一切安好。“岸边都是美食／这里的渔民过得好幸福／我们不用吃饭／所以不知道幸福是啥味道／当你知道味道的时候／宁愿做石狮子”。寓意幸福的味道酸甜苦辣冷暖自知，当看到别人幸福的时候，不要忘记别人背后的付出。

第三段，“……”，表明对话也许还在继续，因为人生百味。“下雨了／狮子不披蓑衣／泰然自若／笑看人间凡尘／呵呵／本无风雨本无事／只缘狮子自扰之”，寓意要像石狮子一样泰然面对，笑看人生。别把人生搞得太复杂，世上本无事，庸人自扰之。莫因琐事之争、微利之诱、果腹之欲，丢弃快乐心情、平和心境、健康心态。让一切变得简单些，喜欢了就争取，得到了就珍惜，错过了就遗忘，只因我们都只是庸人。表达诗人“心无旁骛似明镜，无风何处起涟漪”潇洒脱俗的人生态度。

诗磨

11

【题记】

磨，兜兜转转，混沌、时空、风雅，一磨而就。

时间都去哪了
在蓝天催着云彩奔跑
在江河里推着小船东流
它吹绿了河边的青草
飘落了春天的花

台大石磨旁
我看到了时间的轨迹
水自天来
滴落在这方石磨
转悠几圈
搅和了春风与诗
随风落下
化作诗露花雨
滴落在千尺飞崖

在天地之间
雨滴停在空中
听幽谷里诗的回响
——
截断众流花两岸
随波逐浪诗满江

（2018/3/18）

【赏析】

非石磨，乃诗磨，诗如石磨成浆，精工细作，越磨越有味道。题记中专门解释诗眼“磨”，兜兜转转，在混沌、时空、风雅中越磨越有意境。全诗运用比喻、拟人、夸张的手法，洋溢着时空意蕴，诗中有画，画中有诗，富有美感。引用禅宗云门三句：涵盖乾坤、截断众流、随波逐浪。表达诗的意境，体现了诗人写诗与做人的内涵，表达一种天人合一、高屋建瓴的境界。

第一段，“时间都去哪了／在蓝天催着云彩奔跑／在江河里推着小船东流／它吹绿了河边的青草／飘落了春天的花”开篇设问：时间都去哪了？用四句生动形象的比喻和拟人句作答，充满美感。诗中有画，画中有诗，蓝天、云彩、江河、小船、青草、花儿，勾勒出一幅春天的画卷，让人感觉时光与生活充满诗意。诗人正是充满诗心，所以热爱写诗，诗是用时间、生活、阅历磨炼而成。

第二段，“台大石磨旁／我看到了时间的轨迹／水自天来／滴落在这方石磨／转悠几圈／搅和了春风与诗／随风落下／化作诗露花雨／滴落在千尺飞崖”台大，是诗人诗心的源泉，给予诗人无限灵感。当看到台大石磨，诗人仿佛看到时间的轨迹。天上的水、石磨转悠、春风与诗、诗露花雨、滴落飞涯，描摹了一幅充满诗意的图画。

第三段，“在天地之间／雨滴停在空中／听幽谷里诗的回响／——”。此处写的正是云门三句“涵盖乾坤”的意境，寓意诗心充满天地之间，无所不在，涵盖整个宇宙。“截断众流花两岸／随波逐浪诗满江”，对仗工整，写的正是云门三句“截断众流”与“随波逐浪”的意境，是永无止境的精神追求。

闲花

⑫

【题记】

花开花落，本无诗情画意，飘过心里，恰似一江春水东流。

花开了
也许开在夜雨淅沥时
昨夜蛙鸣阵阵
不曾听见花朵绽放的声响

花落了
也许落在晨风吹拂中
春天落叶缤纷
不曾看见花瓣飘落的风姿

静夜闻蛙声
闲花落满庭
过客匆匆
风飘闲庭看花落
流水潺潺
雨漫春江听蛙鸣

呵呵
花开本无诗中意
落红空有画里风

（2018/3/18）

【赏析】

这首诗以“闲花”为题，借花喻人，表达一种悠闲自在和豁达淡泊的心境。题记中，花开花落，一切顺其自然，恰如一江春水东流，思潮长流不断，无穷无尽。全诗洋溢着清风诗的特色“不著一字，尽得风雅；不用禅语，时得禅理；诗中有画，画中有诗”。字里行间透露“宠辱不惊，看庭前花开花落；去留无意，望天上云卷云舒”的境界，蕴含着对待事物淡泊自然的豁达态度，表达为人做事能视宠辱如花开花落般平常，才能不惊；视职位去留如云卷云舒般变幻，才能淡然处之。全诗用比喻的手法，勾勒一幅花开花落、雨漫蛙鸣的自然春景图，富含境由心生、情随境迁的禅意。

第一段，“花开了／也许开在夜雨淅沥时／昨夜蛙鸣阵阵／不曾听见花朵绽放的声响”。花开不知时间，也许夜雨淅沥时，也许因为昨夜蛙鸣阵阵，所以不曾听见花朵绽放的声响，万物生长，一切顺其自然。

第二段，“花落了／也许落在晨风吹拂中／春天落叶缤纷／不曾看见花瓣飘落的风姿”。第二段与第一段对对仗工整，语言优美。花落也许在晨风中，南方的春天充满独特的气息，花开花落，随风随意，随心自由自在，无须刻意。

第三段，“静夜闻蛙声／闲花落满庭／过客匆匆／风飘闲庭看花落／流水潺潺／雨漫春江听蛙鸣”。静夜、蛙声、花落满庭、清风拂面、流水潺潺、雨漫春江，即使是匆匆过客，也会为如此美景停下脚步，欣赏品味一番。寓情于景，借景抒情，表现一种淡然从容的人生态度。

第四段，“呵呵”，表现诗人心境平和、淡泊自然的心境。“花开本无诗中意／落红空有画里风”。“本无”“空有”妙不可言，充满禅味，境由心生，人生无常，深刻道出了人生对事对物、对名对利应有的态度：得之不喜、失之不忧、宠辱不惊、去留无意。

花雨巷

13

【题记】

花非花，雨非雨，心悦为花，上善若水，奔雨花而去，即是自在。

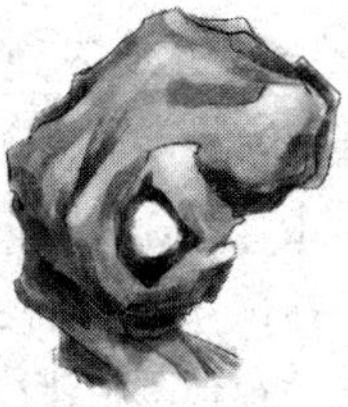

下雨了
一阵狂风扫来
百花飞舞
满城春的气息
搅和了城里的夜空
一声春雷
打开了天河的水闸
漫天飞花
分不清是豪雨
还是花雨

木棉花
不声不响落了一地
名副其实英雄城
应了这个季节
紫荆飘落
装点了静夜的门庭
红墙内的桂花
留住了行人的脚步
深呼吸
带走一个春天

一缕风
停在老街的屋檐下
听小巷流水
看半城雨花
雨声敲击着红瓦
撞击着心池
一种久违的感觉
被雨夜包围
……

（2018/3/19）

【赏析】

题记道出了诗的意境：花非花，实乃心悦为花；雨非雨，源于上善若水。诗人奔雨花而去，即是寻觅心灵的自由自在。雨是自由的，仿佛也有生命一样，奔雨而去，就是给自己心灵飞翔的自由。以“花雨巷”为题，描绘了一幅春夜中花与雨的图画，诗中有画，画中有诗。一切事物都有生命，追求心灵的自由与宁静，觅得心中的桃花源。全诗运用比喻和夸张的手法，花与雨的融合，独具南方春天的味道，禅意绵绵，让人体味一种放飞心灵的境界。

第一段，“下雨了／一阵狂风扫来／百花飞舞／满城春的气息／搅和了城里的夜空／一声春雷／打开了天河的水闸／漫天飞花／分不清是豪雨／还是花雨”。下雨了，诗人眼中这是一场特别的雨，因为分不清是豪雨还是花雨。狂风而来，百花飞舞，春雷阵阵，漫天飞花，仿似打开天河的水闸，勾勒了一幅花雨交融的春景图。

第二段，“木棉花／不声不响落了一地／名副其实英雄城／应了这个季节／紫荆飘落／装点了静夜的门庭／红墙内的桂花／留住了行人的脚步／深呼吸／带走一个春天”。雨中的花，富有美感。广州的市花木棉花，又称英雄花，不声不响落地；紫荆花飘落，装点了门庭；广州桂花春天也飘香，带来春的气息。

第三段，“一缕风／停在老街的屋檐下／听小巷流水／看半城雨花／雨声敲击着红瓦／撞击着心池／一种久违的感觉／被雨夜包围／……”。以一缕风比喻诗人自己，停在老街的屋檐下，被这美景深深吸引了。小巷流水、半城雨花，雨声敲击红瓦，诗人仿佛想起故乡、外婆家的红瓦，童年的自由与快乐时光，撞击着心池。这是一种久违的感觉，一种寻觅心灵自由自在的感觉，在雨夜包围中让诗人遐想无限。在诗人的心中，万物皆诗，万物皆师……

蓑翁观雨

14

【题记】

树亦蓑翁，人亦蓑翁，少年中流击水，老大观雨听风。

村头的大榕树
披着蓑衣
静观静思静悟
无惊无语无求
千年风雨眼前过
再望千年天地人

面朝珠江
不问花开花落
目不转睛
尽数英雄豪杰
韩公逆水上连江
东坡南渡过儋州
中流击水时
大浪淘沙中
呵呵
无动于衷
唯我蓑翁

春雨归来
三江合流
曾经风云岁月
弄潮又添少年
呵呵
蓑翁独钓天河月
一杯清茶听雨声

（2018/3/20）

【赏析】

全诗具有清风诗的特色“不著一字，尽得风雅；不用禅语，时得禅理；诗中有画，画中有诗”。题记中，蓑翁，既喻树又喻人，人与树皆有生命，从少年壮志雄心到老大泰然自若，人生进入大悟的境界。诗句通过形象化的语言表达，不用华丽的词藻、过多的烘托，用含蓄隐喻的语句把所包含的意境表达得淋漓尽致。全诗韵味盎然、禅意绵绵，表达诗人超然物外的境界、旷达超脱的胸襟、超凡脱俗的人生态度。全诗运用比喻、拟人、夸张的手法，具有时空意蕴，读来使人耳目为之一新，心胸为之舒阔。

第一段，“村头的大榕树／披着蓑衣／静观静思静悟／无惊无语无求”。村头的大榕树，正是诗人故乡的大榕树，仿如蓑翁，一静一无，充满旷达的禅意，又似一幅宁静的画卷。“千年风雨眼前过／再望千年天地人”，洋溢着空灵的时空意蕴，有一种淡然的感觉。

第二段，“面朝珠江／不问花开花落／目不转睛／尽数英雄豪杰／韩公逆水上连江／东坡南渡过儋州／中流击水时／大浪淘沙中”。由树及人，诗人面朝珠江，不问往事，却回忆起曾经被贬岭南却留下文化瑰宝和精神财富的韩愈与苏东坡，他们历经千辛万苦却活得超然脱俗。“无动于衷／唯我蓑翁”。诗人自比蓑翁，由树及人，由远及近，由实及虚，如摄影的景深充满层次感，表达外物不足萦怀之意，表现淡泊从容、心无旁骛的境界。

第三段，“春雨归来／三江合流／曾经风云岁月／弄潮又添少年”。一年之计在于春，春天总是充满希望，东江、西江、北江三江合流寓意改革的浪潮。历史风云幻变，在步入新时代之际，诗人寄语年轻人，长江后浪推前浪，要有弄潮儿的豪情万丈。“呵呵”，表达诗人豁达的情怀。“蓑翁独钓天河月／一杯清茶听雨声”，点睛之笔，一杯清茶，还原人本，说榕树不为榕树，这是诗的隐喻点。运用夸张的手法，充满意境美的诗句，蓑翁、独钓、月亮、清茶、雨声，让读者既感受到一幅宁静致远的画面，又在简朴中见深意，寄寓着诗人独到的人生感悟，面对人生的风风雨雨不畏坎坷的超然情怀、淡然超逸的人生态度。

风过雨林

15

【题记】

风过，邂逅该邂逅的。风过雨林，非雨非林，无风无雨，或为清欢。

春分
分不清是风萧瑟
还是雨纷纷
门前那两颗榕树
褪去冬衣
皆因——
闪电惊落叶
雷鸣又发芽

风走过
树上的嫩芽
摇曳江边
给归来的燕子招招手
雨来了
洗去那往日红尘
冰冷的冬季
让位给温暖的春天

风过雨中
掀起一层层水雾
吹起地面的落叶
在一行行柔软的雨丝中
贴上一片片春的绿芽
在风中摇曳
风动如诗春江去
雨止成溪秋水来

风非风
雨非雨
读懂春分

便无风无雨
呵呵
借问春分何清欢
且听风飘过雨林

（2018/3/21）

【赏析】

风过雨林，既是春风飘过，也寓意清风诗人的人生经历过风风雨雨，归途之路，也无风雨也无晴，始终是“人间有味是清欢”。以“风过雨林”为题，“过”是诗眼，人生就是路过、经历过风风雨雨，才会有“也无风雨也无晴”的人生感悟。全诗言有尽而意无穷，意蕴深远，在如诗如画的春景中让人感到淡淡的禅味。春分来了，给人希望，诗人怀着清欢愉悦的心情静看岁月风雨，一种淡然宁静的人生态度跃然于诗。全诗运用拟人的手法，想象丰富，构思巧妙，创造出优美的意境。诗句俏丽、宛转、含蓄，表现了清风诗“清不见底，风不见影”的风格。

第一段，“春分 / 分不清是风萧瑟 / 还是雨纷纷 / 门前那两颗榕树 / 褪去冬衣 / 皆因——闪电惊落叶 / 雷鸣又发芽”。春分时节，勾勒一幅万物复苏的春景图。风声萧瑟，春雨纷纷，春雷阵阵，榕树褪去冬衣又发新芽，一年之计在于春，春天是希望的季节，表达对美好事物的追求。

第二段，“风走过 / 树上的嫩芽 / 摇曳江边 / 给归来的燕子招招手 / 雨来了 / 洗去那往日红尘 / 冰冷的冬季 / 让位给温暖的春天”，从自然现象春风吹起，嫩芽初发，春雨滋润，洗去红尘，旧貌换新颜，温暖的春天取代冰冷的冬季，寓意改革的浪潮，“江山代有才人出，各领风骚数百年”。这是未来的希望。

第三段，“风过雨中／掀起一层层水雾／吹起地面的落叶／在一行行柔软的雨丝中／贴上一片片春的绿芽／在风中摇曳”，诗中有画，画中有诗，用丰富的想象描绘了一幅美丽的画卷。春风、春雨、水雾、落叶、雨丝、绿芽，勾勒出春天大自然的美好。掀起、吹起、贴上、摇曳，一系列动词活灵活现。“风动如诗春江去／雨止成溪秋水来”，令人陶醉的画面，让人感觉一切都顺其自然就好。

第四段，“风非风／雨非雨／读懂春分／便无风无雨／呵呵／借问春分何清欢／且听风飘过雨林”，寓情于景，借景抒情。在诗人心中，大自然的风雨与人生风风雨雨，读懂春分就是读懂大自然这本书。人生就是路过、经历过，无怨无悔。诗人以淡雅和饶有趣味的文字分享生活，感悟人生，且行且悟，明心见性，无风无雨，是为清欢。

天河空渡

16

【题记】空出一片天地，可以任由你翱翔与想象。

清晨
一层清新的雾
覆盖着江面
燕子低飞
在天与雾之间
寻觅昨年春天留下的
爪痕

渡口
空空的
不见昨日的扁舟
也许驶入雾海
到彼岸去了
也许化作“给汪朵”*
上天河去了
那里有故事与传说
还有春的桃源

河面上
依然空空如也
燕子往山间去了
说是会会明月
余下江上那一缕清风
独赏春江风景
呵呵
一江孤寂无行舟
两岸对望有渡人

（2018/3/26）

* “给汪朵”，瑶族语，飞车的意思。现如今也称飞机为“给汪朵”。

【赏析】

天河空渡，“空”是诗眼，仿如天上的银河，缘起性空，渡人亦渡己。题记中，空出一片天地，可以任由你翱翔与想象，这是思想的升华。“空”，可以推陈出新，为了更好地融合。诗源于朋友摄于故乡一幅一叶小舟的照片，结合禅宗三个境界融入三段诗。第一境界是“落叶满空山，何处寻芳迹”，是“寻”的境界，诗中燕子低飞寻觅昨年的爪痕；第二境界是“空山无人，水流花开”，是“无”的境界，诗中渡口不见昨日扁舟，无处觅踪影；第三境界是“万古长空，一朝风月”，是“合”的境界，诗中燕子会明月，清风赏江景，表达一种天人合一的境界。禅宗三境界中都有“空”字，三个境界就是对“空”的三种不同的理解。全诗具有清风风格：清不见底，风不见影。虽然看不见摸不着，却给人无限遐想，让人回味无穷。

第一段，“清晨／一层清新的雾／覆盖着江面／燕子低飞／在天与雾之间／寻觅昨年春天留下的／爪痕”，诗中有画，画中有诗，勾勒一幅春天晨曦的燕子图。晨雾茫茫，覆盖江面，燕子低飞，在天与雾之间寻觅昨年春天的爪痕。让人想起苏轼的诗“人生到处知何似，应似飞鸿踏雪泥。泥上偶然留指爪，鸿飞那复计东西。”有空的境界，有寻的意境。这是表现禅宗第一境界：落叶满空山，何处寻芳迹。不知道禅为何物，即使就在你身边，也苦苦寻觅，如燕子寻昨年春天的爪痕，善念，眷恋，感恩，静中有动，灵动中与心共鸣。

第二段，“渡口／空空的／不见昨日的扁舟／也许驶入雾海／到彼岸去了／也许化作‘给汪朵’／上天河去了／那里有故事与传说／还有春的桃源”。渡口不见昨日的扁舟，空空如也，一切都是空的，但这个“空”让人想象无限。扁舟也许驶入雾海到彼岸去了，也许化作飞机飞上天河去了，自由翱翔于天河，那里有故事与传说，还有春的桃源，那是诗的灵感来源。这是表现禅宗第二境界：空山无人，水流花开。以平常心看世界，似有所悟，缘起性空，空是因缘，空是不二法门，空蕴含无限能量。地上一个天河，天上一个天河，诗性的空间尽显美丽。诗人数十年乡音不改，一句“给汪朵”让人无限遐思。

第三段，“河面上／依然空空如也／燕子往山间去了／说是会会明月／余下江上那一缕清风／独赏春江风景”。河面上虽然空空如也，但却又活灵活现。燕子往山间去会明月，江上清风独赏江景。“／一江孤寂无行舟／两岸对望有渡人”，这是表达禅宗第三境界：万古长空，一朝风月。江水、无行舟、两岸、有渡人，天人合一、融合同一的境界，顿悟永恒，内心到达明心见性的境界。空是真理，是万有，空并不是无，是大破大立，空去一切陈旧观念，推陈出新，才能享有一个大圆满、大自在的世界。

口哨，吹开一个春天

17

【题记】喜欢口哨，吸进春天的气息，吐出一个花季。

河对岸
那一片芦苇
随风飘来一阵口哨声
隐隐约约
哦
《在水一方》
那口哨
吹散了江面上的雾
吹开了一个春天

听那钟爱的口哨
我回到了从前
小时候上山砍柴
在山凹上吹吹口哨
唤来凉风
清爽了一川山谷

星夜的边疆
口哨穿过丛林
新兵胆怯
吹起《打靶归来》
把胆子裹了几层
悠扬的曲子
点亮了夜空中的天河

此刻
对岸口哨又响起
春回大地
心中绽放一个花季
呵呵

春风又绿江南岸
天上大雁排排归

（2018/3/29）

【赏析】

口哨如有灵魂的诗，是一种心灵寄托、精神力量，吸进春天的气息，吐出一个花季。诗人喜欢口哨，全诗以“口哨”为线索，口哨是青春的记忆、故乡的记忆、军旅的记忆，明天的希望，从现在到小时候，从军旅生涯又回到现在，充满时空意蕴。全诗以叙事抒情的形式，用比拟、夸张的手法，联想丰富，表达一种潇洒脱俗、乐观豁达的人生态度，以及对未来的美好憧憬。

第一段，“河对岸／那一片芦苇／随风飘来一阵口哨声／隐隐约约／哦／《在水一方》那口哨”，河对岸、芦苇、隐约听见的口哨声，开篇一幅朦胧的画卷，《在水一方》的口哨，也许勾起了诗人对青春懵懂芳华岁月的美好回忆。“吹散了江面上的雾／吹开了一个春天”，用夸张的手法，口哨可以吹散云雾，迎来春天，诗人对口哨的喜爱可见一斑。

第二段，“听那钟爱的口哨／我回到了从前／小时候上山砍柴／在山凹上吹吹口哨／唤来凉风／清爽了一川山谷”。从钟爱的口哨想起小时候的故乡，即使在上山砍柴的贫穷日子，吹口哨也是一种心灵的享受、精神的慰藉。表达诗人从小乐观开朗的心态，赤子之心，跃然纸上。

第三段，“星夜的边疆／口哨穿过丛林／新兵胆怯／吹起《打靶归来》／把胆子裹了几层／悠扬的曲子／点亮了夜空中的天河”，用夸张的笔触，回忆南疆那场生死对决的战争，充满血雨腥风，年轻的诗人作为亲历战争的一员，用《打靶归来》／的口哨为自己壮胆鼓劲，充满革命浪漫主义精神。

第四段，“此刻／对岸口哨又响起／春回大地／心中绽放一个花季／呵呵／春风又绿江南岸／天上大雁排排归”，诗句穿越时空，又回到现在，面对改革的大潮，口哨充满活力，充满正能量，催人奋进，那是又一个春天的花季，洋溢着时代的美好憧憬。

18

找回我的梦

【题记】
梦远游，终回还。

我的梦
在某年某月的某一天
落在那一片树林
一个秋风习习的星夜
游游荡荡
飘荡于东西南北
忘却了春夏秋冬

春回来
梦回大唐
长安街头小馆
唐人问——
可否饭菜
店主答——
本店不做菜
只做梦

梦
远离饥寒
远离苦难
春又来
再把春秋约
那是山花烂漫的四季
追梦去
梦有多远歌就有多美

呵呵
梦来梦去
今夜春风伴我梦回
如来如往
人生就是开心成长

（2018/3/29）

【赏析】

这是诗人一首别出心裁的诗。读来让人思考诗人原本的梦是什么？后来梦又去哪了？怎么又找回了自己的梦？全诗运用比拟和夸张的手法，时空交错，语言幽默风趣，语浅意深，题记“梦远游，终回还”六个字，让人回味无穷。

第一段，“我的梦／在某年某月的某一天／落在那一片树林／一个秋风习习的星夜／游游荡荡／飘荡于东西南北／忘却了春夏秋冬”，开篇直接入题，外人不知道诗人所指的梦是什么，想来也是一个难以忘怀的梦，以至可以忘却时空的变化，而初心不忘，此梦不移，执着对美好的追寻。

第二段，“春回来／梦回大唐／长安街头小馆／唐人问——／可否饭菜／店主答——／本店不做菜／只做梦”，笔触幽默，穿越时空，描写一个寻梦的过程，诗人梦回大唐的春天，一个盛世时代，一个风趣的故事，把做菜与梦联系在一起，要么是生活与艺术的结合，要么是现实与梦想的融汇，大唐盛世，中国梦，空间大开大合，都让人浮想联翩。

第三段，“梦／远离饥寒／远离苦难／春又来／再把春秋约／那是山花烂漫的四季／追梦去／梦有多远歌就有多美”，诗人找到心中的梦，梦的层次由浅入深，由最刻骨的生活状态“远离饥寒／远离苦难”到高层次的精神需求，联想到黄健先生（诗人的好友，一位热爱文学的医生）的“九歌”之首《再把春秋约》，洋溢着家国情怀，“梦有多远歌就有多美”，引人入胜，发人深思。梦是一首歌，也是一首诗，此时此刻荡涤心灵，让思想灵魂升华。

第四段，“呵呵／梦来梦去／今夜春风伴我梦回／如来如往／人生就是开心成长”，诗人由近及远，虚中有实，终于在今夜找回自己的梦，这个梦就是即使历经风雨，感慨人生就是开心成长，禅意绵绵，在隐隐约约、欲言又止中，展示如诗如歌如梦之美。

流淌的天河

19

【题记】 流淌的河，是河，非河；天河，非天河。

你流淌着
不曾见过你停留
不知道是
被岁月推着
还是追赶前方的岁月
匆匆而过
未留下点点星辰

你流淌着
来不及看清你的表情
无论喜忧
不问枯荣
流过不再回头
前方是宽阔的大海
忘却冬季
才有春暖花开

你静静地流淌着
在红尘之上
蓝天之下
喧嚣之中
驮着出发时的梦想
在日月长河中
留下一条洋洋洒洒的
梦路

（2018/3/30）

【赏析】

这首以“流淌的天河”为题的诗，表达诗人追逐梦想的心永不停歇，犹如河流那样川流不息。题记的风格似曾相识，颇有深意。诗中虚虚实实，虚实结合，用第二人称“你”表示河流，用比拟和夸张的写法，从不停留、不回头、追逐梦想来描绘河流的激情澎湃。表达路过就要无怨无悔，不留恋过往，憧憬未来与追逐梦想。

第一段，“你流淌着／不曾见过你停留／不知道是／被岁月推着／还是追赶前方的岁月／匆匆而过／未留下点点星辰”。河流流淌，从不停留，无论是被动的岁月推动还是主动追赶，犹如匆匆过客，瞬间流逝。

第二段，“你流淌着／来不及看清你的表情／无论喜忧／不问枯荣／流过不再回头／前方是宽阔的大海／忘却冬季／才有春暖花开”。河流流淌，从不回头，因为路过就要无怨无悔，无论喜忧与枯荣，前方是宽阔的大海，是希望所依、梦想所在。放下过去，才有春暖花开的梦想与未来。

第三段，“你静静地流淌着／在红尘之上／蓝天之下／喧嚣之中／驮着出发时的梦想／在日月长河中／留下一条洋洋洒洒的／梦路”。河流流淌，穿越红尘、蓝天、喧嚣，不忘初心，追逐梦想，永不放弃。

二月故乡水

20

【题记】江之头，江之尾，悠悠乡愁，一衣带水。

沿天河溯溪而上
珠江北江连江
在朱家码头上了岸
嗅到艾味
听到乡音
望见晨雾中的老宅
十里石坑崀
一夜春风回

回到故乡
大雾中紫云英
点缀了宁静的山乡
一年一度又春风
乡情悠悠马安河
数百年
这里浸透沧桑
三进围屋的影子
千亩良田的稻浪
百年糖厂的飘香
船织如梭的自家码头
曾经的粤北江南
一切如梦
消失在岁月中
纵使一步三回头
依旧缓缓南流去

早春二月
雾蒙蒙
雨朦胧
坐在码头的榕树下

几分萧瑟
几分乡愁
啊
曾经枯荣多少事
流向大海不回头

（2018/3/31）

【赏析】

这首诗以“二月故乡水”为题，描写一种乡愁与记忆，表达诗人热爱故乡的真挚情感。题记用古韵风格的语言文字把这种感情表达得淋漓尽致。水是故乡的源头，水是母亲河，勾起对过去辉煌岁月的美好回忆。全诗叙事抒情相结合，运用比喻的手法，游子归乡，触景生情，寓情于景，虚实结合，穿越时空，有种朦胧美。同时也感慨时光流逝，无论历经多少辉煌灿烂或者风霜雨雪，一切皆成过往。昔日繁华落尽，一切付诸流水，但希望始终坚守初心，终将会流向更美好的明天。正如诗人所言：剥落的是岁月，去不掉的是乡愁。保存葡萄最好的方式是把葡萄变为葡萄酒，保存岁月最好的方式是把岁月变成永存的诗篇，让人回味无穷。

第一段，“沿天河溯溪而上／珠江北江连江／在朱家码头上了岸／嗅到艾味／听到乡音／望见晨雾中的老宅／十里石坑崀／一夜春风回”，用语巧妙，结合地域特点，游子归乡，从天河回到故里，历经三江，回到当日显赫一时的朱家码头。故乡的艾味、乡音、老宅、出生地石坑崀村，一一呈现眼前，游子归家如春回大地。

第二段，“回到故乡／大雾中紫云英／点缀了宁静的山乡／一年一度又春风／乡情悠悠马安河／数百年／这里浸透沧桑／三进围屋的影子／千亩良田的稻浪／百年糖厂的飘香／船织如梭的自家码头／曾经的粤北江南／一切如梦／消失在岁月中／纵使一步三回头／依旧缓缓南流去”。回到故乡，大雾、紫云英、大山、春风、马安河，眼前的景色让诗人想起往昔峥嵘岁月和沧桑变化，曾经盛极一时的祖业，围屋、粮田、糖厂、朱家码头，有粤北江南之称。一切消失在岁月中，昔日辉煌已成为历史，坦荡，从容，充满哲思。

第三段，“早春二月／雾蒙蒙／雨朦胧／坐在码头的榕树下／几分萧瑟／几分乡愁／啊／曾经枯荣多少事／流向大海不回头”。从岁月时空又回到眼前的早春二月，雾、雨、码头、榕树，几分萧瑟与乡愁。诗人感叹曾经辉煌的岁月已经不复存在，就如流向大海永不回头一样。曾经的辉煌成就与沧桑巨变，即使不复存在，也是历史的见证，人生、家族、民族也一样，往前看，是宽阔的海洋。

蓝月亮冥想*

21

【题记】
夜空，冥想蓝色的月亮，关乎空灵与诗性。

故乡
宁静的夜晚
月亮湾
坐在江岸上
冥想
天上那个蓝蓝的月亮

浩瀚天宇
一轮满满的圆月
圆融
混沌
一圈圈
一阵阵
发出蓝色的光芒
照亮夜空
照耀宇宙苍穹
光明／通明／洁净
蓝光下
时空荒野
变成浩瀚的海洋
生命／生灵
在蓝色中徜徉
月亮之上
延续无限梦想
月亮之下
海洋般的蓝色妖姬
混沌初开

* 今晚夜空出现“蓝月亮”，下一次“蓝月亮”在2020年10月31日。

一阵晚风吹来
唤醒了山谷
月亮湾
天空下
千江有水千江月
万里无云万里风

（2018/3/31）

【赏析】

这首诗以“蓝月亮冥想”为题，“冥想”是诗眼，空灵的世界，恍惚的真实，如进入山水画的崇高而空灵的境界，表现一种飘然出世、身在世外的超然人生态度，表达心里的一切烦恼皆烟消云散的境界。题记表明诗人仰望夜空，冥想蓝色的月亮，是空灵与诗性的结合。诗句用朴实无华的语言，以蓝色的基调，具有画面与音乐感，把禅宗的意境表达得淋漓尽致。有无穷的景、无穷的意闪烁其间，层层辉映，形成一种“透明的含蓄”。是一种既不黏着事实，又含蓄无尽的剔透玲珑的美，使意境独具魅力而分外赏心悦目的美，让人遐思迩想。全诗虚实结合，运用比拟及如电影蒙太奇般的手法，是宇宙意识和生命情调的诗化，表现在意境里，是一种空灵之美，具有超越时间、空间的艺术张力。表达诗人博大的胸襟，莹洁的灵魂，无尽的冥想，留给读者一个清新空灵的禅境。

第一段，“故乡 / 宁静的夜晚 / 月亮湾 / 坐在江岸上 / 冥想 / 天上那个蓝蓝的月亮”。开篇直接入题，诗人在故乡宁静的夜晚，坐在月亮湾的江岸上，面对难得一见的蓝月亮无限冥想。

第二段，“浩瀚天宇 / 一轮满满的圆月 / 圆融 / 混沌 / 一圈圈 / 一阵阵 / 发出蓝色的光芒 / 照亮夜空 / 照耀宇宙苍穹 / 光明 / 通明 / 洁净／蓝光下／时空荒野／变成浩瀚的海洋／生命／生灵／在蓝色中徜徉／月亮之上／延续无限梦想／月亮之下／海洋般的蓝色妖姬／混沌初开”。从天空到海洋，从月亮到生命，涵盖宇宙，包罗万象，时空广宽，意象深远。通过朴素的文字表现冥想、张力、放松、空灵，达到静心和修心的心智新境界。

第三段，“一阵晚风吹来／唤醒了山谷／月亮湾／天空下／千江有水千江月／万里无云万里风”。晚风吹来，既唤醒了山谷也唤醒了冥想中的诗人。诗以名句“千江有水千江月／万里无云万里风”结尾，既是自喻清风，也表达烦恼、物欲尽去，则禅心本性自然显现。讲究自然之心，一切不必苛求。放宽胸怀，空出心智，合于自然，人生将会于无尽的空间中绵延而去，直至进入生命本真永恒的圆满之境。

春水初生

22

【题记】春为茶盛，茶为诗生，诗茶一味，生生不息。

仰望
头顶的飞崖
落下一滴水珠
晶莹剔透
把太阳的光
传递给
这一片初春的幽谷

黑黢黢的世界
因你的光芒
而变得春意盎然
那无声的深谷
因你的落下
奏起四面欢歌

水的声
春天的声音
生命轮回的声音
带着远古漂来的音符
簇拥着高原的花神
滚滚东来
悠扬春天的序曲
舒展江南的画卷

呵呵
一杯新茶
遇见老诗集
春水又卷天河岸
初生还涌四季诗

（2018/4/11）

【赏析】

春水初生，春情化暖，春天的绿水萌生，春天的雨水刚刚开始滋润大地万物。全诗联想丰富，孕育生机与希望，给人信心与力量，字里行间流露诗情画意，以及生命轮回、新老交替的禅宗境界。题记表达茶、诗与春天一脉相通，生生不息，带来春的希望。诗句运用比拟、夸张的手法和细节描写，洋溢时空意蕴，让人在优美的文字中体味到积极入世禅境。

第一段，“仰望／头顶的飞崖／落下一滴水珠／晶莹剔透／把太阳的光／传递给／这一片初春的幽谷”，运用细腻的描写，如一幅美丽的初春图画，从仰视的角度，描写头顶飞崖落下的水珠，传递温暖的春意，春色撩人，洒满人间，让人遐想无穷。

第二段，“黑黢黢的世界／因你的光芒／而变得春意盎然／那无声的深谷／因你的落下／奏起四面欢歌”，运用抒情的笔调，黑暗的世界因水珠的光芒变得更加美丽，无声的深谷也变成欢乐世界，表达春天的美好，充满希望与力量。

第三段，“水的声／春天的声音／生命轮回的声音／带着远古漂来的音符／簇拥着高原的花神／滚滚东来／悠扬春天的序曲／舒展江南的画卷”，诗中有画，用富有文采的语言表达时空的意境，春水初生就是生命轮回。从远古到高原，春的脚步笼罩大地，到处生机勃勃，春意盎然。在美的意境中，让人体味到生命轮回、生生不息、生机勃勃的禅宗境界。

第四段，“呵呵／一杯新茶／遇见老诗集／春水又卷天河岸／初生还涌四季诗”，以新茶与老诗集的遇见，比喻新老交替，春天生机活力无限，改革浪潮不断，只要充满信心，一切都如诗意一样美好。

等那梅雨

23

【题记】

挂念与被挂念都是一种幸福。

梅花早已开过
花落下
漫山香雪
一川春色
时下梅林添了新绿
滋养脚下的故土

今年的梅雨没有来
想起都有点挂念
虽说梅雨黏人
来的时候
瓦屋的房顶滴雨
墙面渗出水珠
柴火堆长出菌子
箩筐的番薯冒出芽来
春天到了极致
稻草也能拧出诗来

转眼已近夏天
若能多个梅雨季节
时间会流得缓慢一些
呵呵
春天若无梅雨季
天河汤汤作相思

（2018/4/26）

【赏析】

这首诗以“等那梅雨”为题，“等”是诗眼，“时间会流得缓慢一些”是诗的关键句，挂念是诗的重要情感，在动静之间溢出了一幅静谧的意境。题记中，挂念与被挂念都是一种幸福。在诗人眼里，挂念的是故乡，被挂念的是梅雨。故乡是初心，诗歌是灵魂，诗人怀念故乡的美好时光，怀念梅雨时节的等待，当身处故乡的时候，又怀念天河奋斗的日子，字里行间流露诗人对生活的静心思考，一种静静留恋的心态。诗人有一双发现美、欣赏美的眼睛，所以“稻草也能拧出诗来”。全诗借景抒情，虚实结合，时空交错，表达一种“缺什么想什么”的期待心态，空寂之中又生诗意，期待留住生命中的美好，也是人的一种生命哲学。

第一段，“梅花早已开过／花落下／漫山香雪／一川春色／时下梅林添了新绿／滋养脚下的故土”。诗人从记忆深处的挂念入题，冬去春来，梅花花开花落，香雪过后春色满园。梅林新绿，表达对故乡眷恋的感情。

第二段，“今年的梅雨没有来／想起都有点挂念／虽说梅雨黏人／来的时候／瓦屋的房顶滴雨／墙面渗出水珠／柴火堆长出菌子／箩筐的番薯冒出芽来／春天到了极致／稻草也能拧出诗来”。正是因为今年梅雨没来，诗人挂念起梅雨。梅雨有其黏人的独特之处，瓦屋的房顶滴雨，墙面渗出水珠，柴火堆长出菌子，箩筐的番薯冒出芽来……本来让人不适的天气，在诗人眼中却是别有一番滋味，这是“春天到了极致／稻草也能拧出诗来”的情感。表达诗人眼中一切事物都有美好的感觉，这也是诗心的源泉。

第三段，“转眼已近夏天／若能多个梅雨季节／时间会流得缓慢一些”。夏天将至，梅雨季节迟迟不来，诗人渴望“时间会流得缓慢一些”，其实是怀念一种纯净气息的生活，生活的质感在诗句中得到丰满，岁月变迁好像变得再自然不过。“春天若无梅雨季／天河汤汤作相思”，诗人身在故乡，等待那充满诗意的梅雨，又想起在天河奋斗的日子。表达诗人回味往日时光，愿时间慢慢流逝。

紫月

24

【题记】不需要记住太多，既然刻骨，就把它变成诗。

在我的日记里
没有公历与农历
只有紫历
那是岁月底色与记忆

家门朱姓
传说祖上腰缠万贯
大门红得发紫
记忆中的几代人
未曾见过红门
紫色曾在梦中有
一弯明月枕河山

边关的月亮
每每都是紫色的
也许
和军人有瓜葛的东西
都与血性扯上关系
南疆的红棉树
荒野中的红军果
战火中的红旗
敢死队手臂的红飘带
硝烟飘月影
铁血绕寒星
纵使在凯旋的子夜
透过泪水冲刷过的眼眸
山南的那个月亮
紫雨如注

夜半时分

晚风掠过边关
远眺群山
一轮紫月升起
紫气东来
江山静好
一片吉祥岁月
千山有水千山月
万里无云万里风

（2018/4/28）

【赏析】

这首诗以“紫月”为题，隐喻带有家族和军人色彩的月亮，表达对曾经显赫的家族及军旅生涯的美好回忆。辉煌过后的宁静，表达淡泊明志、宁静致远的人生态度。题记，表现诗人诗心的源泉，一切刻骨铭心的记忆化作美好的诗篇。“千山有水千山月／万里无云万里风”与“千江有水千江月，万里无云万里天”凸显清风诗风，表现烦恼、物欲尽去，本性自然显现的禅宗境界，这正是清风诗人的本色。全诗用夸张、比拟的手法，蕴含时空意蕴，虚实结合，表现一种淡然的人生境界。

第一段，“在我的日记里／没有公历与农历／只有紫历／那是岁月底色与记忆”。公历与农历是传统历法，诗人反常道而行，用紫历表明自己对岁月的记忆，因为这里充满着独特与自信，为下段作铺垫。

第二段，“家门朱姓／传说祖上腰缠万贯／大门红得发紫／记忆中的几代人／未曾见过红门／紫色曾在梦中有／一弯明月枕河山”。诗人回忆曾经辉煌的家族，烙下紫色的印记，可惜后来风光不再，后人唯有在梦中感受那种回忆。表达曾经辉煌过后的平静，一种豁达淡然的心境。

第三段，“边关的月亮／每每都是紫色的／也许／和军人有瓜葛的东西／都与血性扯上关系／南疆的红棉树／荒野中的红军果／战火中的红旗／敢死队手臂的红飘带／硝烟飘月影／铁血绕寒星／纵使在凯旋的子夜／透过泪水冲刷过的眼眸／山南的那个月亮／紫雨如注”。诗人回忆军旅生涯，曾经亲历的南疆硝烟战火，那是九死一生、血雨腥风的经历，那是用鲜血和生命染成的紫色。即使凯旋归来，战争的残酷无情也让人无法释怀。军人的血性和家国情怀巧妙地融入了诗里和诗人的血液中。诗句以紫色的基调，表达一种静默的回忆与深思，一种人生的感慨与定格。

第四段，“夜半时分／晚风掠过边关／远眺群山／一轮紫月升起／紫气东来／江山静好／一片吉祥岁月／千山有水千山月／万里无云万里风”。回忆过后，一切回到眼前的现实。此时此刻的边关，一片安宁祥和。紫月升起，寓意紫气东来，祖国和平安宁。面对大好河山，回忆父辈及自己的军旅经历，诗人感悟“千山有水千山月／万里无云万里风”，表达一种淡泊从容的人生境界。

夏夜

25

【题记】

似乎，夏夜总与晚风、流云、诗意发生某种关系。

又是一年立夏时
这个初夏
感觉与往年不同
清清爽爽
犹如今夜天上的云朵

仰望着
夜空如海
白浪滔天
飘过城里的天空
一切依旧那么宁静
红尘随夜色沉淀下来
白天的浮躁者
在花窗里诵读着经典
《大学》《中庸》《论语》
给东山添点风雅
虽然古城常常乱了时空
晚风潜入
月下流淌的珠江
也驻足观那天上的流云

哦
转悠回来
又是那山河大街
午夜长影
影子的那端
是听风观云的琼楼

（2018/5/5）

【赏析】

这首诗以“夏夜”为题，立夏不像夏，题记表明全诗联想丰富，夏夜、晚风、流云、珠江、琼楼，洋溢着诗情画意，诗中有画、画中有诗，富有美感，产生一种淡然的旋律。全诗运用比喻、拟人、夸张的手法，虚中有实，实则虚之，表达浮躁过后人归于平淡，“淡泊明志、宁静致远”的心境以及悠然自得的生活状态，同时表现对昔日饱含文化底蕴的广州老东山区一种眷恋之情。

第一段，“又是一年立夏时／这个初夏／感觉与往年不同／清清爽爽／犹如今夜天上的云朵”。开篇入题，在立夏时节，今年显得特别，不像往年立夏的炎热，清爽得如今夜天上的云朵，表达一种自由自在的心境。

第二段，“仰望着／夜空如海／白浪滔天／飘过城里的天空／一切依旧那么宁静”。仰望夜空，诗人感觉像海一样深沉辽宽，那是波澜壮阔后的宁静。“红尘随夜色沉淀下来／白天的浮躁者／在花窗里诵读着经典／《大学》《中庸》《论语》／给东山添点风雅／虽然古城常常乱了时空”。从夜空的宁静联想到人从浮躁归于平静后心境的恬静，昔日的东山是书香门第，读书人家云集，充满雅意文风。“晚风潜入／月下流淌的珠江／也驻足观那天上的流云”。虚实结合，晚风、珠江、流云，构成一幅夏夜图画，让人陶醉。“潜入”“流淌”“驻足”，三个动词颇有动感，形象生动，可谓静中有动，动静结合。

第三段，“哦／转悠回来／又是那山河大街／午夜长影／影子的那端／是听风观云的琼楼”。从联想回到现实，诗人夏夜散步，感受到宁静之美，高大的房屋在诗人眼中也成了听风观云的琼楼，表达宁静的夏夜处处充满诗情画意。

云行珠江

26

【题记】有时候你是你自己，有时候你是你自己的影子。

昨晚的云
连夜北漂去了
带着霓虹
带着老东山的影子
继续它的旅行

一场大雨
给这个城市换了新衣
路上一地黄叶
树叉却多了许多新绿
衬托蓝天白云
铺就今夏的底色

广州城的白云
像粤人那般轻盈自在
小巷里传来的粤曲
不由得让人驻足
品一碗凉茶
邀几朵流云
天上云影掠过
河岸芦苇依然
云游四方
无关闲人闲心事
雨来八面
难得夏天夏花诗

呵呵
夜幕降临
又是别样风景
长河西下夕阳远
珠水东流春潮急

（2018/5/6）

【赏析】

云行珠江，充满诗意与幻想。那朵朵白云，悠然自得，如自己的心境，也如自己的影子，更如自己的思想。全诗联想丰富，运用拟人的手法，洋溢时空意蕴，从云到雨再到云，粤曲、凉茶、流云、芦苇，虚实结合，表达“去留无意，望天上云卷云舒”的豁达心境，视去留如云卷云舒般变幻，淡然处之。字里行间透露心境平和、淡泊自然的思想，与宋代范仲淹的“不以物喜、不以己悲”有异曲同工之妙。同时也表达对改革充满信心和坦然。

第一段，“昨晚的云／连夜北漂去了／带着霓虹／带着老东山的影子／继续它的旅行”。昨晚的云，今天又有不同的变化，因为没有停顿片刻，带着曾经美好的回忆，继续它的旅行，以“云”表达一种“路过，就要无怨无悔”的观念，人生就是要不断前行。

第二段，“一场大雨／给这个城市换了新衣／路上一地黄叶／树叉却多了许多新绿／衬托蓝天白云／铺就今夏的底色”。一场大雨，犹如人生中的风风雨雨，也许是一个契机、一份意外，因为可以让城市旧貌换新颜，纵使满地黄叶，也是一道独特的风景线。树叉添新绿，更多了几分生机与活力。表达阳光总在风雨后的人生态度。

第三段，“广州城的白云／像粤人那般轻盈自在／小巷里传来的粤曲／不由得让人驻足／品一碗凉茶／邀几朵流云／天上云影掠过／河岸芦苇依然／云游四方／无关闲人闲心事／雨来八面／难得夏天夏花诗”。广州城的白云，在诗人眼里又有独到之处，吸收了南粤大地的精华，去留无意悠闲自乐。小巷粤曲、广东凉茶，充满羊城韵味。流云、芦苇，虚则实之，实则虚之，表现心态平和、恬然自得、旷达风雅、诗意人生的境界。

第四段，“呵呵／夜幕降临／又是别样风景／长河西下夕阳远／珠水东流春潮急”。夜幕时空，风景别样。长河落日，夕阳西下，珠水滔滔，春潮涌动，预示着改革浪潮滚滚。表达一种豁达超然、坦然面对一切的人生态度。

甜酒

㉗

【题记】在城里拾荒，难以忘却甜酒的味道。记住甜酒，便记住了自己是乡下人。

凤凰沈从文
博古通今
最懂莫过于甜酒
一杯甜酒
一生约定
若问甜酒事
唯有兆和知
来来去去凤凰路
似酒非酒风雅诗

小时候
外婆的甜酒
是冬天暖心的佳酿
白皙的糯米
古朴的蒸笼
那芒草系的符
那软软的米饭团
都与饥饿黏在了一起
厨房的一角
老棉被捂着的酒坛
飘来阵阵甜香
那是山里特有的甘醇
那是山里人幸福的念想

呵呵
一碗甜酒一生醉
半脸蓑风半山朦

（2018/5/10）

【赏析】

这首诗以“乡下甜酒”为线索，在大文豪沈从文30周年忌日之际，诗人重温沈从文的故事，感触良多，通过沈从文与诗人自己与乡下甜酒的故事，表达对一代文豪的怀念，追忆沈从文的爱情故事及山里人的朴实真挚、脚踏实地，这也是沈从文作品体现的生命之美和人性之美。题记，表达沈从文笔下的甜酒是由俗到雅的典范，诗人家乡的甜酒与之如出一辙，沈从文以乡村为题材的小说是典型的乡村文化小说，凸现出乡村人性特有的风韵与神采。全诗叙事抒情，由人及已，由远及近，时空交替，诗人难以忘却故乡甜酒的味道，记住乡下人那份朴实无华的情感。

第一段，“凤凰沈从文／博古通今／最懂莫过于甜酒／一杯甜酒／一生约定／若问甜酒事／唯有兆和知／来来去去凤凰路／似酒非酒风雅诗”。著名作家沈从文是湖南凤凰人，凤凰是引起沈从文乡愁的地方。沈先生学识渊博，与张兆和堪称才子佳人，两人的爱情故事为人津津乐道，张兆和答应沈从文的婚事，最终让沈从文“喝到了甜酒”。沈张的爱情婚姻故事一路风雨，甜酸苦辣也只有张兆和自己知道。沈从文最爱湘西故土，凤凰是他的故乡，文学作品洋溢着浓郁的地方风土人情及人性之美。

第二段，“小时候／外婆的甜酒／是冬天暖心的佳酿／白皙的糯米／古朴的蒸笼／那芒草系的符／那软软的米饭团／都与饥饿黏在了一起／厨房的一角／老棉被捂着的酒坛／飘来阵阵甜香／那是山里特有的甘醇／那是山里人幸福的念想”。第一段沈张的爱情故事是甜酒的隐喻，第二段诗人回忆小时候外婆的甜酒则是真实的存在，是一种精神象征，是山里人质朴的表现。诗句细腻描写甜酒佳酿，糯米、蒸笼、蒸甜酒的时候放个符辟邪、米饭团、甜香甘醇，让人回味无穷。

第三段，“呵呵”，表达诗人对甜酒的喜爱，也是对故乡大山的深厚感情。“一碗甜酒一生醉／半脸蓑风半山朦”。诗人从沈从文的甜酒故事引起共鸣，表达蓑衣山人的本色，朴实的清风风格，回顾人生风雨历程，一碗甜酒知足常乐，初心不忘，感恩常在。

一抹红霞

28

【题记】一抹红霞，一抹天道，一抹空灵，一抹无字诗。

山还是那座山
它静观人间千百年
数不尽风云变幻
在这个夕阳落下的时点
这山似乎忘却了所有
只赏一抹红霞

这山是有思想的
一眼山河梦
只恋此时风
看着红霞
愣愣的
让转动的眼眸慢下来
定格该定格的瞬间
留下该留下的风景
随心所欲
无分西东
无须问天地山河

晚风徐徐
那红霞飘过山村
留下炊烟袅袅
飘过山顶
山峰消失在夜雾中
飘入宁静的心海
抚平那一阵阵浪涛声

呵呵
夕阳一抹天地醉
何来孤舟沧海行

（2018/5/16）

【赏析】

一抹红霞，充满诗意，醉人心田。天道是自然规律，全诗空静而带有灵活的气息，表现非常美丽的空灵境界，给人一种琢磨不透的感觉，无字诗乃最高境界，表达一种“转自己归山河大地”的禅境。全诗虚实结合，运用比喻、拟人、夸张的手法，透露一种朦胧美，空灵的世界，恍惚的真实。诗中有画，表达一种飘然出世，身在世外的超然的人生态度。字里行间流露一种立体的、无边的空灵之美，如无字诗一样的“无极之境”，在意境中以空间美呈现一种莹洁的宇宙意识和生命情调，是诗人心与大自然的交流。其艺术张力超越了时间和空间，展示的是博大的胸襟，莹洁的灵魂，无尽的遐想，留给读者一个清新空灵的世界。

第一段，“山还是那座山／它静观人间千百年／数不尽风云变幻／在这个夕阳落下的时点／这山似乎忘却了所有／只赏一抹红霞”。山没有变，变的是风云莫测的世界，比喻人的初心不变，变的是外在的环境。在夕阳西下之际，人被斜阳夕照的美景陶醉，忘却一切烦恼，只缘心系那一抹红霞，那是思想的灵魂。

第二段，“这山是有思想的／一眼山河梦／只恋此时风／看着红霞／愣愣的／让转动的眼眸慢下来／定格该定格的瞬间／留下该留下的风景／随心所欲／无分西东／无须问天地山河”。诗句虚则实之，实则虚之，山如人一样有思想与灵性，无论曾经美景如何，定格的是此时此刻的风景，诗人心中留下该留下的风景，表达路过就要无怨无悔的思想。转山河大地归自己，则易；转自己归山河大地，则难。诗人借景抒情，表达看尽世间百态，“转自己归山河大地”的禅境。诗句具有透明的含蓄，象外之意，通过有限的艺术形象达到无限的艺术意境。

第三段，“晚风徐徐／那红霞飘过山村／留下炊烟袅袅／飘过山顶／山峰消失在夜雾中／飘入宁静的心海／抚平那一阵阵浪涛声”。晚风、红霞、炊烟、山顶、夜雾，一幅宁静的画卷，让人心如止水，淡然恬静，是一种既不黏着事实，而又含蓄无尽的剔透玲珑的美，是使意境独具魅力而分外赏心悦目的美。

第四段，“呵呵”，表达一种只可意会不可言传的情感。“夕阳一抹天地醉/何来孤舟沧海行”。全诗点睛之句，一抹红霞相伴，如一股暖流，温暖心扉，让人不会孤单，表达一种天人合一的境界，“转自己归山河大地”，与自然融为一体的意境。

烟雨珠江

29

【题记】

最美不过烟雨，在江南，在山中，
在故乡，在梦里……

一阵夏雨
解了珠江岸边的酷暑
雨滴打在路上
水花四溅
激起滚滚尘雾
刚才的晴天
转眼已是
烟雨朦胧锁红尘
珠江顿作山水风

烟雨中
昨天的路平静下来
少了些许坎坷
那笔直的路
在雨雾缭绕中
多了柔情与浪漫
不由得让我回到童年
回到出发时的村口
老榕树下
五月烟雨正浓

淅淅沥沥的雨
不停地下着
连接着天地人
连着雨中淡淡的思绪
老房子的爬墙虎
悄悄地往上攀爬着
继续它的坚韧与执着
攀上百年老窗户
攀上自己天地的最高峰

再俯瞰山河
山河依然烟雨蒙蒙

（2018/5/17）

【赏析】

烟雨珠江，如江南的雨，雨丝细密，如雾似烟，让人遐思迩想。诗人心中，最美不过烟雨，在江南，在山中，在故乡，在梦里……如诗如画，妙不可言。全诗洋溢着淡然的旋律，运用比喻、拟人、夸张的手法，诗中有画，富有时空感，借景抒情，寓情于景，字里行间流露人生变幻无常，平常心坦然面对，境由心生，情随境迁。烟雨蒙蒙，细雨纷纷，让人放慢脚步，享受生活的美好，表达天地人合一的境界。

第一段，“一阵夏雨／解了珠江岸边的酷暑／雨滴打在路上／水花四溅／激起滚滚尘雾／刚才的晴天／转眼已是／烟雨朦胧锁红尘／珠江顿作山水风”。夏雨解暑，描摹了一幅淡雅的山水画。雨滴、水花、尘雾……雨雾朦胧，让人遐想无限。人生变幻无常，阴晴不定，以平常心面对，一切泰然处之。

第二段，“烟雨中／昨天的路平静下来／少了些许坎坷／那笔直的路／在雨雾缭绕中／多了柔情与浪漫／不由得让我回到童年／回到出发时的村口／老榕树下／五月烟雨正浓”。烟雨蒙蒙，让人放慢了脚步，感觉路平静下来，多了柔情与浪漫，是因为学会享受生活的美好，表达境由心生的意境。诗句由此及彼，穿越时空隧道，诗人回到童年、故乡，初心所依之处，一切都是那么美好。

第三段，“淅淅沥沥的雨／不停地下着／连接着天地人／连着雨中淡淡的思绪／老房子的爬墙虎／悄悄地往上攀爬着／继续它的坚韧与执着／攀上百年老窗户／攀上自己天地的最高峰／再俯瞰山河／山河依然烟雨蒙蒙”。朦朦细雨，如丝落下，从雨中感受到一种淡然的心态。用爬墙虎比喻奋斗的人生，以及诗人的坚韧与执着。历经人生风风雨雨，一切回到原点，表达诗人超然豁达和淡泊洒脱的人生态度。

水磨年华

30

【题记】呆呆地看着水磨，不知道是水磨转动了岁月，还是岁月转动了水磨。

你在这里
静静地守候了十年
走过风风雨雨
初心依旧
守望着远山的碉楼
尽管那碉楼
早已人去楼空

一泓清泉
静静流淌了十年
伴随着石磨
寂静的角落不再寂寞
想起曹溪
想起清纯的卓锡泉
想起《六祖坛经》
想起恒河
想起晚风中的菩提树
一脉清流
几多感悟

透过潺潺流水
我看见了转动的石磨
不知道是滴水转石
还是月渡孤舟
分不清顺流逆流
还是来来去去
如来如去
如去如来
渡江芦苇空舟影
转山水磨生菩音

（2018/5/8）

【赏析】

这首诗以“水磨年华”为题，充满禅意，表达“奇特返于平常，至味回归淡泊”的精神追求。题记中，不知道是水磨转动了岁月，还是岁月转动了水磨，水磨与岁月相伴，表达一种恬淡宁静的境界。全诗与苏轼的诗“静故了群动，空故纳万境”有异曲同工之妙，正因为静，所以对一切动都能了然于心；正因为空，所以能够容纳万事万物。全诗想象丰富，动静结合，虚则实之，实则虚之，运用拟人手法，时空交错，字里行间流露出诗人对这方景致的深情，表达回归精神故里的大自在禅境。在诗人眼中，石磨与流水是万物和谐自在的产物，在安静的岁月里与山水风月淡然栖息，从心底里透出超然脱俗、达观恬淡的心境。

第一段，“你在这里／静静地守候了十年／走过风风雨雨／初心依旧／守望着远山的碉楼／尽管那碉楼／早已人去楼空”，尽管碉楼人去楼空，石磨静候十年，初心不改，守望远方。通过“静”与“空”表达空寂的禅境，只有心静了，才能体悟自然界里的动；只有心空了，才能化万境入我心。

第二段，“一泓清泉／静静流淌了十年／伴随着石磨／寂静的角落不再寂寞／想起曹溪／想起清纯的卓锡泉／想起《六祖坛经》／想起恒河／想起晚风中的菩提树／一脉清流／几多感悟”，从清泉静流，与石磨相伴，联想到曹溪、卓锡泉、《六祖坛经》、恒河、菩提树……宁静生于淡泊之时，一种禅宗的意境，万物静观皆自得。

第三段，“透过潺潺流水／我看见了转动的石磨／不知道是滴水转石／还是月渡孤舟／分不清顺流逆流／还是来来去去／如来如去／如去如来／渡江芦苇空舟影／转山水磨生菩音”，动与静的融合，从流水与石磨的动与孤舟的静中，升华到“超以象外，得其环中”的忘我境界。诗人驰骋艺术想象的空间，超乎所表现的物象之外，由实人虚，如门枢一入环中，即可转动如意，以应无穷。从顺流逆流到如来如去，从达摩祖师一苇渡江到石磨山水有菩音，大自然动与静的圆融，体现一种天人合一的境界，也体现全诗“淡然”的旋律。

风吹过

31

【题记】
风无影，去无踪，
空色之间，不二。

风吹过
带走昨夜的梦
让那些依稀的梦境
栖息于新的蓝天
随白云飘去
化作天地间的烟雨

风吹过
带走那半截子的诗
伴随木棉的花絮
漫天飞舞
没有踪迹
如果有
也是一方仙境

风吹过
带走那片落下的菩提
时空交错
无始无终
飘摇于空色之间
等待永恒的
不二回响
……

（2018/5/22）

【赏析】

这首诗以“风吹过”为题，禅意绵绵，让人感受到“风来疏竹，风过而竹不留声；雁渡寒潭，雁去而潭不留影”的意境，表达“有无量自在，入不二法门”的超然脱俗的境界。风吹过，无论带走梦、诗，还是菩提，都是不二法门，故君子事来而心始现，事去而心随空。人心本来平静，一切无彼此之别，谓之不二。诗句“不用禅语，时得禅理”，与宋代慧开禅师那首著名的禅偈“春有百花秋有月，夏有凉风冬有雪。若无闲事挂心头，便是人间好时节”有异曲同工之妙。题记中，风吹过，一切飘然而去，但诗人都能从容体味到生命的自在与美好，表明诗人生活中践行修行，修一颗“不分别心”，远离痛苦烦恼的根源，对人生中的风霜雨雪泰然处之，达到大悟的境界。全诗富有美感，诗中有画，洋溢着雅意文风，颇有时空意蕴。风吹过，即使带走了诗人喜欢的梦、诗、菩提，但这一切已经永远留在了诗人的心中，这是心灵的一种顿悟、一种透彻、一种智慧。

第一段，“风吹过／带走昨夜的梦／让那些依稀的梦境／栖息于新的蓝天／随白云飘去／化作天地间的烟雨”。风吹过，纵使昨夜的梦已经带走，但心中的梦依旧冉冉升起，在天地间化成烟雨回响。表达诗人“去留无意，望天上云卷云舒”的淡泊自然的豁达心态。

第二段，“风吹过／带走那半截子的诗／伴随木棉的花絮／漫天飞舞／没有踪迹／如果有／也是一方仙境”。诗人一生以写诗为乐，与诗为伍，即使半截子诗被风吹走，也会泛起另一颗诗心，那又是诗的另一方新境界。表达诗人无穷无尽的诗心。

第三段，“风吹过／带走那片落下的菩提／时空交错／无始无终／飘摇于空色之间／等待永恒的／不二回响／……”。诗句由此及彼，虚虚实实，由此悟出菩提之智，以至心无旁骛，空色之间，不让那些无谓的思虑持续停留在心中，心如止水，何必自寻烦恼？人生无须较劲，不二是明智的选择。“色即是空、空即是色”，色也就是空，空也就是色，这是一个整体。就是不二，色与空不二，万法也是不二的。在心灵世界里面，彼此平等方能达到悟的境界。诗句虚则实之，实则虚之，耐人寻味，妙不可言。

淌过天河

32

【题记】人生路上，九泷十八滩，淌过天河，便是神仙。

望着东流的河水
当年渡我来的清流
不知道现在去了何方
我依稀记得
天河上岸的那一天
古朴的龙口
飘香的芳草
咸水的渔歌
门口两个大狮子
凝视着汹涌的河面
目不转睛
什么也不说
岸边的两棵大榕树
承载路人的祈祷
不悲不喜
守望江河岁月
不恋彼岸西风

榕树下
听惯天河涛声
感知江与海的脉动
看着风中蒿草
见识平凡的风雅
望着归巢燕子
感悟执着与依恋的天性
徜徉在河的中央
领略两岸流动的时光

眼前的天河
带走昨夜梦幻

那甜美的梦
醒来是一片空静的天
没有一丝云彩
没有丁点的回响
江水流过
卷走曾经的记忆
多少春秋
无数次淌过天河
在浩瀚的宇宙
寻觅自已心安之所

（2018/5/24）

【赏析】

天河，一语双关，既寓意天上的银河，也寓意诗人工作的地方。诗句想象丰富，托物言志，借景抒情，情景交融，虚实结合。从过去的天河到眼前的天河，充满时空意蕴，运用比拟的手法，以故事的形式娓娓道来，表现经历过风风雨雨，不以物喜、不以己悲的情怀。心安之所也是心中的桃源，表达诗人“奋斗过，已无悔，得心安”豁达潇洒、超然脱俗的境界。曾经工作的大家庭，一起奋斗的日子，纵使有甜酸苦辣、艰难困苦，也是美好的回忆。题目一个“淌”字，多少搏击，多少经历，多少故事，一字道尽风流。题记抒发了诗人的一种人生感悟，人生路上，如九泷十八滩充满险阻狭窄急流，但是淌过天河，便是神仙，因为已经是一方新境界，表达诗人开阔的胸襟和视野。

第一段，“望着东流的河水／当年渡我来的清流／不知道现在去了何方／我依稀记得／天河上岸的那一天／古朴的龙口／飘香的芳草／咸水的渔歌／门口两个大狮子／凝视着汹涌的河面／目不转睛／什么也不说／岸边的两棵大榕树／承载路人的祈祷／不悲不喜／守望江河岁月／不恋彼岸西风”。诗人用比拟的方式，回忆当年初到天河的感觉。东流的河水，有深有浅，机遇和挑战并存。龙口、芳草、渔歌、大狮子、大榕树，天河熟悉的地方，如一道亮丽的风景线，构成一幅独特的画卷，洋溢着生命的气息，赋予拟人化的情感。

第二段，“榕树下／听惯天河涛声／感知江与海的脉动／看着风中蒿草／见识平凡的风雅／望着归巢燕子／感悟执着与依恋的天性／徜徉在河的中央／领略两岸流动的时光”，借景生情，表达诗人的内心世界，在天河这里工作的大家庭，感受一种温暖惬意的时光。从涛声、蒿草、燕子，引发遐想无限，表现一种工作动力、文风雅意、人的天性，诗人充满自豪感。

第三段，“眼前的天河／带走昨夜梦幻／那甜美的梦／醒来是一片空静的天／没有一丝云彩／没有丁点的回响／江水流过／卷走曾经的记忆／多少春秋／无数次淌过天河／在浩瀚的宇宙／寻觅自己心安之所”。眼前的天河，也许不再是昔日充满梦幻的天河，诗人怀念曾经的天河，回忆过去的点点滴滴，在眷恋与不舍中，仰望星空，“寻觅自己心安之所”。诗人阅历丰富，眼界开阔，见多识广，淡泊名利，留下的皆是记忆中最精彩的一笔，这一笔也回归到了大自然中。

那一年，窗关上了

(33)

【题记】

关上一扇窗，无须打开一扇门；

尘封的记忆，不必偷窥。

哪一年
关上了这扇窗
那一年
窗关上了

每次路过这里
总是不由自主地驻足
看看这扇窗
这扇爬满蜘蛛网的窗
窗缝里
总会透出一段段往事

今夜特别宁静
月光下
窗子旁边的那座红楼
闪耀着历史的光辉
民国的老巷
舞动着鲜红的飘带
向千年东山诉说着悲喜

那一年
楼上的少爷
也许汇入了洪流
也许浪迹南洋
看这窗门关得妥帖
想必出门前也是从从容容
遗憾的是
当年的封条已荡然无存

不知哪一年

窗关上了
关上了一段沧桑岁月
尘封了一个记忆时空
一去多少秋
不见故人还
今夜的窗
依然等待少爷的回归

多年以后

一个路过的少年
依旧会问——
哪一年
关上了这扇窗
那一年
窗关上了
……

（2018/5/25）

【赏析】

全诗运用饱含深情的笔触、含蓄委婉的表达方式和丰富的联想，“那一年，窗关上了”，寓意坦然面对一段历史的结束，顺其自然，不要强求，淡然处之。题记正是表达过去就是历史，尘封的记忆，不必再回忆。全诗言有尽而意无穷，运用比拟的手法，通过联想和故事来刻画现实，正是清风诗的特色“不用禅语，时得禅理”，正如清风诗人所言：“从一事一物中寻找菩提之智（方法），从一事一悟中探索事物规律。原本不二，人为分开，很多事情，终究要回归本真。不二是菩提，是智慧，是混沌，是事物之本源。”诗人如禅者，透过事物开悟心灵，发现本质规律，整首诗没有禅语，却表达“色即是空、空即是色、色空不二”这一禅理。“哪一年 / 关上了这扇窗 / 那一年 / 窗关上了”，在诗中首尾呼应，表达了始即是终，终即是始，无始无终，无终无始，不二法门的禅理。

第一段，“哪一年 / 关上了这扇窗 / 那一年 / 窗关上了”。开篇设问，到底是哪一年关上了这扇窗，答案是那一年，也许没有答案。

第二段，“每次路过这里 / 总是不由自主地驻足 / 看看这扇窗 / 这扇爬满蜘蛛网的窗／窗缝里／总会透出一段段往事”，路过这里，总会有一种莫名其妙的感情，想了解曾经的往事，即使爬满蜘蛛网，历史还是不能抹去，过去的存在总有合理意义。

第三段，“今夜特别宁静／月光下／窗子旁边的那座红楼／闪耀着历史的光辉／民国的老巷／舞动着鲜红的飘带／向千年东山诉说着悲喜”，用“今夜特别宁静”表达诗人淡定从容、顺其自然的心境。红楼历史、民国老巷、千年东山，曾经有多少不为人知的故事，现在一切成为历史，世事无常，俱往矣，只留给后人美好的回忆。

第四段，“那一年／楼上的少爷／也许汇入了洪流／也许浪迹南洋／看这窗门关得妥帖／想必出门前也是从从容容／遗憾的是／当年的封条已荡然无存”。诗句联想丰富，又是那一年，昔日的东山少爷也许风光无限，可惜一切都淹没于历史的洪流，当年的辉煌历史已经化为岁月静好，一切归于平淡，这正是历史发展的必然结果。

第五段，“不知哪一年／窗关上了／关上了一段沧桑岁月／尘封了一个记忆时空／一去多少秋／不见故人还／今夜的窗／依然等待少爷的回归”，人去楼空，岁月沧桑，物是人非，过去的已经过去，一切已非旧模样。表达“色即是空，空即是色”色空不二的禅境。

第六段，“多年以后／一个路过的少年／依旧会问——／哪一年／关上了这扇窗／那一年／窗关上了／……”。也许若干年以后，有人会问起这段历史，但历史已经过去，一切尽在回忆中。首尾呼应，作为一段历史的见证者，对历史的观察与思考有其特点，设想关窗的那一刻进入了新的时空；路过东山老巷，思索过，放下，往前走。

月光小夜曲

34

【题记】

夜半，也许有梦，当半梦半醒的你遇见明月，唯有以诗了却。

黑夜
被月光刺醒
那光芒
穿透一个个昏睡的梦
在梦的温床
挑起一朵朵浪花

那浪花是雪白的
不知道是有人梦游海市
还是有人把诗扔回了大海
惊涛百里浪
卷起千堆雪
在南方炽热的夏夜
涌来阵阵清凉
那清凉唤来皎洁的明月
在酣睡的小城上空
洒下一个凉凉的深秋

床前明月光
疑是地上霜
低头
霜雪撒一地
满城思乡情
我想惊叫
又怕彩云掩去月色
举头
窃窃赏之
不忍扰之
以诗诵之
——

但教皓月清空宇
谁念明镜是非台

（2018/5/29）

【赏析】

在诗人心中，诗如月光小夜曲一样令人陶醉。月夜醒来，一切感觉平静，唯有诗最能让诗人感动，如那故乡的情怀。诗人半夜悟诗，清空的天宇如明镜、如皓月一样包容，表达一种心如明镜的境界，心有多大世界就有多大，具有“海纳百川，有容乃大”的情怀。题记表明诗人对诗的热爱，诗中总有美好的情怀。全诗运用拟人、比喻、夸张的手法，时空交替，动静结合，联想丰富，字里行间透露“明镜亦非台”的禅意，“色即是空，空即是色”的超然境界。

第一段，“黑夜／被月光刺醒／那光芒／穿透一个个昏睡的梦／在梦的温床／挑起一朵朵浪花”。刺醒、穿透、挑起，连续三个动词，静中有动，充满动感，表达夜半醒来，一切皆有诗意，无论黑夜、月光还是梦境。“挑起一朵朵浪花”转折句，承上启下旨在引出下一段。

第二段，“那浪花是雪白的／不知道是有人梦游海市／还是有人把诗扔回了大海／惊涛百里浪／卷起千堆雪／在南方炽热的夏夜／涌来阵阵清凉／那清凉唤来皎洁的明月／在酣睡的小城上空／洒下一个凉凉的深秋”。在炎炎夏日的午夜时分，引领读者进入一个清凉的时空，如诗人的第五本诗集《把诗扔回大海》，进入诗的一方新境界。浪花、大海、夏夜、明月、小城……让人产生如诗如画的清凉感觉，妙不可言。

第三段，“床前明月光／疑是地上霜／低头／霜雪撒一地／满城思乡情／我想惊叫／又怕彩云掩去月色／举头／窃窃赏之／不忍扰之／以诗诵之／——／但教皓月清空宇／谁念明镜是非台”，引用李白的名句“床前明月光，疑是地上霜”，引出诗人低头与举头时的心境。低头，一份思乡的情怀；举头，一份超然的情怀。诗人热爱写诗，故乡的山水风光给予无限灵感。诗人豁达洒脱，心如明镜。运用幽默风趣的语言，“我想惊叫／又怕彩云掩去月色”“窃窃赏之／不忍扰之”，表达一种静水流深的心境。“但教皓月清空宇／谁念明镜是非台”，全诗点睛之句，禅意绵绵，让人感受到“色即是空，空即是色”超然的境界，不管是非，甘于淡泊，如皓月一样包容的意境。

初夏，不见桂花

35

【题记】不必在流逝的时空寻找永恒。

那一年
来到这方净土
嗅到桂花的清香
这些年
一直在牵挂
那千年的桂花树
那佗城
那万人的军旅
那人杰地灵的山川

今天来了
遇见烈日中的白玉兰
蓝天下的白云
夜幕中的东江河
唯独没有桂花的味道
夕阳下
河岸柳叶稀疏
往日月光夜曲不再
任凭时空交错
昨日一去不复还

呵呵
莫叹时光飞逝
闪过即是永恒
只有记忆
留在灵魂的海洋里
直到被海水慢慢淡忘
……

（2018/5/31）

【赏析】

四年前的初夏，诗人有缘目睹佗城的千年桂花，可是今年的初夏却不见桂花飘香，诗人有感而发写下此诗。题记“不必在流逝的时空寻找永恒”，因为一切皆成过往，逝者如斯夫，过去的时光一去不复还，留下美好的记忆，留在灵魂深处。全诗通俗易懂，从那一年到今天的时空变化，表达对美好事物一种忘不了的情怀。

第一段，“那一年／来到这方净土／嗅到桂花的清香／这些年／一直在牵挂／那千年的桂花树／那佗城／那万人的军旅／那人杰地灵的山川”。诗人回忆当年身临佗城这方净土，闻到桂花飘香，一直萦绕心头。在记忆中挥不去的，有桂花树、佗城、赵佗五十万军队、人杰地灵的山川。由此及彼，追忆历史，诗人怀念过去的时光，历史总是有曾经辉煌的成就。

第二段，“今天来了／遇见烈日中的白玉兰／蓝天下的白云／夜幕中的东江河／唯独没有桂花的味道／夕阳下／河岸柳叶稀疏／往日月光夜曲不再／任凭时空交错／昨日一去不复还”。今天诗人再访故地，看见白玉兰、蓝天白云、东江河，遗憾的是未能闻得桂花飘香。诗人借景抒情，感叹岁月如梭，时过境迁。

第三段，“呵呵／莫叹时光飞逝／闪过即是永恒／只有记忆／留在灵魂的海洋里／直到被海水慢慢淡忘／……”。诗人回首往事，感叹时光荏苒、白驹过隙，唯有在灵魂记忆深处留下最美好的回忆。也许诗人此刻想起了第五本诗集《把诗扔回大海》，里面充满了美好的回忆。时光匆匆，又到初夏。留点记忆，善待万物。

落雨，无关江湖

36

【题记】许多事，与别人无关。

落雨啦
从空中缓缓落下
不知从何来
不知飘向何处

雨落下
无问去处
落个潇潇洒洒
落到江湖
与江河湖海结缘
汇聚天地人和
雨在水中
水在雨中
人在风雨中

雨落下
摇曳空中
在阳光里闪烁
化作彩虹
给山水添点色彩
夕阳西斜
消失在晚风中
莫问何处落雨滴
原本无来也无去

落雨
只问自在
无关江湖

（2018/6/2）

【赏析】

这是一首具有广府方言特色的诗。落雨，广州方言，即下雨的意思。诗人是生活的有心人，用一双发现美、欣赏美的眼睛看世界。别人看下雨，诗人看落雨。落雨本是平常事，人生遇到风雨也是平常事，以一颗平常心对待，自在人心，诗人从落雨这一自然现象看到人生境界，可谓“出新意于法度之中”。这也是一首禅意诗，由普通的自然现象引起的思考，表达经历过人生风雨的洗礼，诗人舍弃不必要的烦恼，对一切看淡、看透、悟透的境界，正是“不用禅语、时得禅理”。全诗意象扩展，从自然现象、雨景、禅境、心境四个方面抒写禅思哲理，表现天人合一的意境，表达豁达从容的内心世界，这源于有心的观察与思考。题记表达舍弃无关的烦扰，心如止水。

第一段，“落雨啦／从空中缓缓落下／不知从何来／不知飘向何处”。落雨，一种自然现象，给炎炎夏日带来丝丝清凉。雨从空中落下，不知何来飘向何处，充满人生无常之感。

第二段，“雨落下／无问去处／落个潇潇洒洒／落到江湖／与江河湖海结缘／汇聚天地人和／雨在水中／水在雨中／人在风雨中”。描摹了一幅天人合一的雨景。雨落下，只求潇洒自如，落到哪里便与那里结缘。雨、江河湖海、水、人，都是宇宙万物的力量，表现一种天人合一的境界。

第三段，“雨落下／摇曳空中／在阳光里闪烁／化作彩虹／给山水添点色彩／夕阳西斜／消失在晚风中／莫问何处落雨滴／原本无来也无去”。雨落下，阳光中化作彩虹增辉不少，可惜又会消失在晚风中。“莫问何处落雨滴／原本无来也无去”，充满禅意，表达一种禅境，无来也无去，没有什么事，随所从缘无挂碍。令人想起明代心学大师王阳明所言：“你未看此花时，此花与汝心同归于寂。你来看此花时，则此花颜色一时明白起来。便知此花不在你的心外。”此心不动，随机而动，但看花开落，不言人是非。如禅宗的境界“色即是空，空即是色”，放下心欲，如来如去，表达一种超然淡泊的思想。

第四段，“落雨／只问自在／无关江湖”，表达一种心境，世间多烦扰，不必自作多情，一切顺其自然，一种大悟的境界，体现一种淡然的旋律。结尾，宛如一滴雨落下，来无影，去无踪，却回味无穷。

野渡

37

【题记】空空野渡，任凭思绪之舟徜徉。

风雨过后
渡口静静的
没有往日的喧嚣
大榕树下一地落叶
记录着刚刚闪过的风景
那些飘落的叶子
自然平静
豪雨萧瑟催落叶
疏风野渡无行舟

雨后的河面
变得宽阔许多
往日顺流逆流的船
不见了踪迹
也许渡人去了
也许找到了自己的港湾
看惯了百舸争流
眼下这河似乎少了些什么
定了定神
又发觉什么也没少

呵呵
渡口无渡自有渡人之舟
天外有天何奈天地之人
（2018/6/10）

【赏析】

野渡，野为空，全诗有一种禅静的意境和空寂的意蕴，字里行间流露禅宗三境界。第一境界是“落叶满空山，何处寻芳迹”；第二境界是“空山无人，水流花开”；第三境界是“万古长空，一朝风月”。诗句意象扩展，“不用禅语，时得禅理”。以空空野渡表达宁静淡然的心境，思绪之舟，遐想无限，表现一种不以物喜、不以己悲的心态以及处事深远与豁达的胸襟。

第一段。“风雨过后／渡口静静的／没有往日的喧嚣／大榕树下一地落叶／记录着刚刚闪过的风景／那些飘落的叶子／自然平静／豪雨萧瑟催落叶／疏风野渡无行舟”。第一境界是“落叶满空山，何处寻芳迹”，风雨过后渡口寂静，如落叶满空山。大榕树下的落叶，记录时间的轨迹，自然平静。“豪雨萧瑟催落叶／疏风野渡无行舟”，意象引申为人的心境，不以物喜、不以己悲，即使豪雨、疏风，落叶、行舟暂止，也是正常现象，一种淡然的心态。

第二段，“雨后的河面／变得宽阔许多／往日顺流逆流的船／不见了踪迹／也许渡人去了／也许找到了自己的港湾／看惯了百舸争流／眼下这河似乎少了些什么／定了定神／又发觉什么也没少”。第二境界是“空山无人，水流花开”，雨后河面宽阔，船舶不见踪迹，一种“无”的境界，“眼下这河似乎少了些什么／定了定神／又发觉什么也没少”，表明人已经从自然中削离出来，自成一独特世界，面对百舸争流，不会或喜或悲。

第三段，“呵呵”，表达诗人超然洒脱的境界。“渡口无渡自有渡人之舟／天外有天何奈天地之人”。第三境界是“万古长空，一朝风月”。这是大师境界，也是大彻大悟的境界，万相空明，直达本心，全无挂碍，世界为“一”。表达淡然平静的心态，无论外界有何种起伏喜悲，都保持豁达淡然的心态，一种天人合一的境界。

时光是一条河

38

【题记】

时光，不在岸边。

坐在天河岸边
时光在脚下流淌着
左脚一侧的浪花
来不及涌上岁月的脚面
已经悄悄地
流向右脚那端
转眼
那一朵朵浪花
已平复在如镜的河面

当你回望时光
时光来不及眨一眨眼
从来不说再见
当你咏唱浪花那一刻
时光已融入浩瀚的大海
天地很大
我们无法涵盖乾坤
百壑千川
我们难以截断众流
或许
徜徉在时光的长河中
我们可以随波逐浪
与时光同轴

呵呵
任凭大江东去
时光永远在这条河里

（2018/6/12）

【赏析】

时光是一条河，河里流淌着不可泯灭的记忆，让人遐想无限。时光，不在岸边，也许是一缕烟，以为它存在，其实早已消失了。诗句引用云门三句“涵盖乾坤，截断众流，随波逐浪”，表达永无止境的精神追求，纵使时光流逝，也不负岁月不负光阴。全诗“不著一字，尽得风雅”，饱含禅宗与哲学思想，涵盖乾坤是世界观，截断众流是认识论，随波逐浪是方法论。即使时光荏苒，也顿悟于心，了然于胸，与时光轻吟，遥响心灵的梵音，品味岁月静好。全诗运用比拟、通感的手法，虚实结合，蕴含时空意象，表达一种超然豁达的人生境界。

第一段，“坐在天河岸边／时光在脚下流淌着／左脚一侧的浪花／来不及涌上岁月的脚面／已经悄悄地／流向右脚那端／转眼／那一朵朵浪花／已平复在如镜的河面”，表达时光流逝，“逝者如斯夫”的匆匆离去。河岸、左脚、右脚、浪花，自然现象、时空交错，运用比拟、通感的手法让人体味到时光是一条河，回忆是一首歌。

第二段，“当你回望时光／时光来不及眨一眨眼／从来不说再见／当你咏唱浪花那一刻／时光已融入浩瀚的大海／天地很大／我们无法涵盖乾坤／百壑千川／我们难以截断众流／或许／徜徉在时光的长河中／我们可以随波逐浪／与时光同轴”。庄子说“人生天地之间，若白驹之过隙，忽然而已”，诗句既表达了庄子所言人生在天地之间，就像小白马在细小的缝隙前跑过一样，不过一瞬间罢了。又用云门三句“涵盖乾坤，截断众流，随波逐浪”告诉人们时光飞逝，人生短暂，要珍惜时间，不要轻易放弃，要努力奋斗，无怨无悔。“涵盖乾坤”，指绝对真理充满天地之间，且涵盖整个宇宙。是一种世界观，无所不在，涵盖宇宙全体。“截断众流”，是一种认识论，超越宇宙，非吾等所能触及、穷尽者。“随波逐浪”，是一种方法论，顺机接引，迎难而上，渐悟于心。随波逐浪是主动投入，力争上游，表达一种积极主动的人生态度。

第三段，“呵呵”，表达一种淡然宁静的心态，“任凭大江东去／时光永远在这条河里”。诗人携一颗从容淡泊的心，走过山重水复的时光，笑看风尘起落的世界，一种看淡、看透、悟透的心境跃然于诗。

飘过天河

39

【题记】一个梦，驮我远航。

十五个春秋
淌那浩瀚的天河
星光璀璨
涛声回荡天宇
随波逐浪
只为淌过天河
奔向远方

昨夜夏风习习
一个梦
小舟渡关山
两岸雁同行
一只大雁
托起搏击风浪的我
腾空而起
甩去浑身水珠
绕过茫茫星际
飘过天河
进入深不见底的
蓝色穹谷

呵呵
倚梦夜行八万里
巡天遥看一千河

（2018/6/15）

【赏析】

这首诗以“飘过天河”为题，委婉含蓄地表达了两个不同的服务机构如两只大雁，相互融合，相互扶持，共同托起一个梦想，驰骋在无垠的天河。梦想，让人领悟到坚持就是幸福的道理，也视为一种信仰。天河，既寓意天上的银河，也寓意诗人曾经工作的所在地天河。诗句意象丰富，意蕴深远，富有时空感，用比拟的手法，表达曾经的梦、今天的梦、今后的梦，以及对未来充满信心和希望。

第一段，“十五个春秋／淌那浩瀚的天河／星光璀璨／涛声回荡天宇／随波逐浪／只为淌过天河／奔向远方”，这是曾经的梦，淌过天河。诗人在天河工作十五载，感受到星光璀璨的魅力。诗人随波逐浪，主动投入，即使站到风头浪尖，也无怨无悔。

第二段，“昨夜夏风习习／一个梦／小舟渡关山／两岸雁同行／一只大雁／托起搏击风浪的我／腾空而起／甩去浑身水珠／绕过茫茫星际／飘过天河／进入深不见底的／蓝色穹谷”，这是今天的梦，梦中有小舟、有山、有两只大雁，两只大雁齐飞，相互扶持，持击风浪，飘过天河，进入山谷，一幅友爱又诗意的画卷。寓意两个机构合并，相互支持，携手共进，共创辉煌。

第三段，“呵呵”，表达诗人美好的信念。“倚梦夜行八万里／巡天遥看一千河”，这是未来的梦，寄寓美好的明天，充满期待和活力。

再见了，天河北600号

40

那一年的秋
有一艘冲锋舟
把一位伤残老兵
送到这个后方码头
踏上岸边
那双旧解放鞋
还沾着战场的黄泥
那左肩右斜的军用挎包
与天河北岸不怎么搭
立足未稳
一个浪头打来
一身水花
心里默念着
趟过天河
便是神仙

码头上
熙熙攘攘
霓虹灯
不照我们的村落
为了养家糊口
只关心粮食和蔬菜
扫地烧水
扛麻包堵枪眼
两眼一瞪忙到熄灯
偶尔代客写信
帮补家用
唉
碌碌无为十四秋
如月当空天河梦

十四年
是一段旅途
风风雨雨皆风景
十四年
是一站人生
起起落落亦平常
十四年
是一程修炼
无得无失无感伤
……
回头望
天河空空如也
清风依然
来时
背着军绿挎包
揣一点梦想
走了
挥挥袖子
不带走一片云彩

今夜
又是一个秋
码头上渔火点点
天河浪涛拍岸
摇动着淡淡的旧梦
只有牌坊前
两个瞪眼的石狮子
依然如如不动
两棵参天的大榕树
依旧默默无语
城里的月光
似乎想留下什么
我转身
轻轻地走出600号
只听见
秋风瑟瑟催帆启
黄叶悄悄落云溪

（2018/9/29）

【赏析】

全诗运用委婉含蓄的笔触，以通俗故事的形式，是诗人对自己人生工作经历的收官之作。诗句联想丰富，富有时空意蕴，叙事、议论、抒情相结合，运用比喻和反语的手法，通过故事描写“伤残”老兵十四年的工作经历，表达诗人在天河北十四年工作经历的人生感悟，洋溢着如苏轼雪泥鸿爪的禅诗味道。表达人生无常，修得一颗平常心，无时不是快乐；修得一颗满足心，无处不是幸福。表现“风过疏竹，风去竹不留声；雁渡寒潭，雁过潭不留影；故君子事来而心始现，事去而心随空”的高境界，颇有禅宗的“拂尘看尽”“相由心生，相随心灭”的意境。具有清风诗“五维五悟十致”的境界，“五维”的高度、“五悟”的空、“十致”的致静致远。

第一段，“那一年的秋／有一艘冲锋舟／把一位伤残老兵／送到这个后方码头／踏上岸边／那双旧解放鞋／还沾着战场的黄泥／那左肩右斜的军用挎包／与天河北岸不怎么搭／立足未稳／一个浪头打来／一身水花／心里默念着／趟过天河／便是神仙”，用叙事的形式开篇，十四年前的秋天，冲锋舟、伤残老兵、后方码头、旧解放鞋、战场黄泥、军用挎包……栩栩如生的形象让人遐想无限。用谦卑的态度和幽默风趣的语言表达不同工作环境转换的磨合，但诗人带着一颗平常心，潇洒自如地适应环境。

第二段，“码头上／熙熙攘攘／霓虹灯／不照我们的村落／为了养家糊口／只关心粮食和蔬菜／扫地烧水／扛麻包堵枪眼／两眼一瞪忙到熄灯／偶尔代客写信／帮补家用／唉／碌碌无为十四秋／如月当空天河梦”，运用诙谐却又略带伤感的语言，叙事与抒情结合，无论外界环境如何“熙熙攘攘”，但老兵却是“为了养家糊口／只关心粮食和蔬菜”，道出生活的真实。“碌碌无为十四秋／如月当空天河梦”，感叹十四载工作历程，在耳顺之年感悟人生，无论过去还是现在的天河梦，一切如月当空，表达禅宗人生到头来皆是空的思想。

第三段，“十四年／是一段旅途／风风雨雨皆风景／十四年／是一站人生／起起落落亦平常／十四年／是一程修炼／无得无失无感伤／……／回头望／天河空空如也／清风依然／来时／背着军绿挎包／揣一点梦想／走了／挥挥袖子／不带走一片云彩”，抒情与议论结合，运用比喻、反语的手法，十四年的心路历程，如一段旅途、一站人生、一程修炼。纵使历经风雨，诗人眼中视为风景；即使有得失伤感，一切亦如常。诗人曾经说过：回眸经历十四年，淡然一笑而过，不需要太多的承载与不舍，来时熙熙攘攘，去时疏疏落落，宛如秋风下几片落叶。诗句正是表达诗人潇洒脱俗、超然物外的人生态度。

第四段，“今夜／又是一个秋／码头上渔火点点／天河浪涛拍岸／摇动着淡淡的旧梦／只有牌坊前／两个瞪眼的石狮子／依然如如不动／两棵参天的大榕树／依旧默默无语／城里的月光／似乎想留下什么／我转身／轻轻地走出600号／只听见／秋风瑟瑟催帆启／黄叶悄悄落云溪”，运用环境烘托描写的手法，表达一种洒脱的人生态度。秋夜，码头、天河、旧梦，一切都会远离，不变的是石狮子与大榕树，它们见证了人生百态、日月星辰。轻轻走出曾经相伴十四载的600号，一切归于平淡。“秋风瑟瑟催帆启／黄叶悄悄落云溪”，诗眼道出诗人此刻的心境，一种致静致远的境界跃然于诗，一切过去后，心恢复到原来的虚空平静，依旧保持自己的本然真性。岁月无情，留不住虚幻的拥有；时光转换，人生有所领悟；平淡无语，感受到人情冷暖。这是诗人走过天河北十四载工作历程，在耳顺之年达到淡然的境界，实乃可喜可贺。

清江听风

中篇

雪梅

41

下雪了
那一山的雪白
撩起了故乡的念想
多少年
风风雨雨
最念是老家的雪景

那梅凹
除了陡峭的山峦
就是傲立风雪的梅花
悬崖下
雪域山里人家
梅开三冬暖
诗来无春寒
有诗的地方没有天黑
下雨的地方阳光就是雨伞

雪下着
它来自西伯利亚
那里没有绽放的梅花
只有山楂树
它来自皇城根下
带着京味
那里有水木清华的梅园
它来自南岭
寒风萧瑟
那里是诗风凛冽的梅岭
呵呵
岭北孤径一剪梅
山南延绵半坡枫

（2018/1/27）

【赏析】

这首诗以“雪梅”为题，三段分别是雪、梅、雪梅融合，充满诗情画意，富有韵味。表达一种乡恋之情，寓情于景，把对故乡的热爱寓于雪与梅。又用一颗平淡的诗心看世界，对生命要热爱，如雪一样洁白；对生活要热忱，如梅一样绽放；对人生要有所追求，如阳光一样驱散黑暗。全诗联想丰富，意蕴深远，

第一段，“下雪了／那一山的雪白／撩起了故乡的念想／多少年／风风雨雨／最念是老家的雪景”。“撩”字充满动感，由一山白雪引起对故乡的念想，历经风雨，最思念还是故乡的雪景。

第二段，“那梅凹／除了陡峭的山峦／就是傲立风雪的梅花”。诗人忆起故乡的梅凹，那是梅花飘香的山坳，绽放的梅花傲立于严寒的风雪与陡峭的山峦之中。“悬崖下／雪域山里人家／梅开三冬暖／诗来无春寒”，大山深处的人家，懂得与大自然融为一体，感受大自然的恩赐。冬暖花开，梅花绽放，诗心无处不在，温暖如春。“有诗的地方没有天黑／下雨的地方阳光就是雨伞”，字里行间流露诗在诗人心中那无可替代的位置，有诗的地方就没有天黑，充满太阳光的温暖，诗为人生遮风挡雨，难怪诗人笔耕不辍，每天诗如泉涌。

第三段，“雪下着／它来自西伯利亚／那里没有绽放的梅花／只有山楂树／它来自皇城根下／带着京味／那里有水木清华的梅园／它来自南岭／寒风萧瑟／那里是诗风凛冽的梅岭”。大雪纷飞，诗意联想丰富，从西伯利亚的山楂树，到北京水木清华的梅园，再到南岭诗风凛冽的梅岭。“呵呵”，表达诗人最爱还是故乡的雪。因为“岭北孤径一剪梅／山南延绵半坡枫”，故乡梅岭不仅有雪、梅，还有枫叶，洋溢着无限诗意，乡恋形成了清风诗的创作特色之一，与诗相伴，诗意人生，也是一种幸福。

春天来了

42

朱家码头旁
一个少年眺望着马安山
透过轻渺的晨雾
嗅着那片紫云英的芳香
喃喃自语——
春天来了

站在河边
给故乡的山水立个春
这个冬季有点冷
用一剪梅花
融化远山的冰雪
插一枝柳芽
告诉河里鸬鹚春的讯息
采一米暖阳
晒晒冬季的老棉被
饮一碗甜酒
驱走血流中八千里的寒气
……

春天来了
一苇渡江去
春水载轻舟
在老祖宗的地上
种棵山楂树
来年就是一首浪漫的歌
在天地间种一亩诗
等到秋天
又是五彩斑斓的诗乐园

（2018/2/4）

【赏析】

这首诗以“春天来了”为题，在立春之日正是一首应节诗。立春，是二十四节气中的首个节气，春回大地，是时序的开端。诗人运用电影蒙太奇般的手法，回忆自己的芳华岁月，回忆故乡的美好时光，融入达摩祖师一苇渡江潇洒脱俗的禅宗境界。全诗运用夸张和比拟的手法，充满时空意境，意蕴深远，即使是寒冷阴暗的日子，也总会迎来阳光温暖，表达一种旷达超然的人生境界。立春之日，春天来了，春风十里，春暖花开，新的开始，诗人诗意荡漾，诗心无穷，展现一幅生气勃勃的春光画卷。

第一段，“朱家码头旁／一个少年眺望着马安山／透过轻渺的晨雾／嗅着那片紫云英的芳香／喃喃自语——／春天来了”，以电影蒙太奇般的手法开篇，诗人回忆少年时代，一个充满干劲的少年，在故乡祖辈显赫的朱家码头旁，感受春天正在孕育、萌动，就要破土而出的气息。轻渺的晨雾、紫云英的芳香，洋溢着春的气息的特写镜头。

第二段，“站在河边／给故乡的山水立个春／这个冬季有点冷／用一剪梅花／融化远山的冰雪／插一枝柳芽／告诉河里鸬鹚春的讯息／采一米暖阳／晒晒冬季的老棉被／饮一碗甜酒／驱走血流中八千里的寒气／……”。诗人从少年回到现实，站在河边，今年的立春确实有点冷。诗句如穿越时空隧道，用比拟和夸张的手法，细腻的描写让人产生美的意境。梅花融化远山的冰雪，柳芽告诉河里鸬鹚春的讯息，暖阳可以晒晒冬季的老棉被，甜酒驱走血流的寒气……纵使是寒冷的日子，也总会迎来温暖的阳光。

第三段，“春天来了／一苇渡江去／春水载轻舟”。春天来了，在那生生不息的春风中，一年四季的序幕从此开启。诗人联想到达摩祖师一苇渡江，如一叶轻舟，洒脱从容，寓意新的开始。“在老祖宗的地上／种棵山楂树／来年就是一首浪漫的歌／在天地间种一亩诗／等到秋天／又是五彩斑斓的诗乐园”。从当年故乡少年的山渣树之恋，到现实中诗人的清风诗生活，春天来了，诗人以立春为新的起始，为寻找五彩斑斓的诗乐园而努力，不负自己，不负春光。

点亮春天

43

严冬
黑黢黢的森林
穿过去
就是一个神的季节
立春

立起
一座春天的火把
燃烧千古荒野
燃点冰川的极处
一碗苦酒
几多征尘
回家的那个春夜
梦里田间
晾着
半截子《富春山居图》

一点星火
点亮一个春天
呵呵
春天里
有山无佛禅中事
无云有雨月里风

（2018/2/4）

【赏析】

点亮春天，那是立春，春的号角吹响了，“一年之计在于春”，春天是播种的季节，是希望的季节，是万物生长的季节，是春暖花开的季节，是新一年的开始。诗人以“点亮春天”为题，寓意深刻，严冬过去，一切都是新的开始，清风诗生活又会有崭新的开始，容纳天地的胸怀是清风诗重要的气韵。全诗联想丰富，用比喻和夸张的手法，从春天的火把联想到曾经的军旅战争生涯，字里行间流露对和平的渴望。结尾两句对仗工整，高度升华，现代诗镶嵌古体诗，体味禅宗的生活禅，感受清风诗生活的乐趣。

第一段，“严冬／黑黢黢的森林／穿过去／就是一个神的季节／立春”。冬去春来，严冬过去就是穿过黑黢黢的森林，立春到来，那是神奇的季节，点亮春天，点燃希望。

第二段，立春，就是“立起／一座春天的火把”。诗人巧妙表达立春的浪漫气息，从而展开丰富的联想。“燃烧千古荒野／燃点冰川的极处”。春天的力量驱走黑暗、寒冷，重燃希望之火。“一碗苦酒／几多征尘／回家的那个春夜／梦里田间／晾着／半截子《富春山居图》”。诗句意象丰富，诗人联想到自己曾经历的枪林弹雨、满目征尘的战争，对春夜归家的渴望，用连梦里都渴望《富春山居图》能够合二为一作比喻，战争永远是残酷，和平永远是春天的曙光。

第三段，“一点星火／点亮一个春天”。星星之火可以燎原，点亮春天，只要努力，一点希望也会梦想成真。“呵呵／春天里／有山无佛禅中事／无云有雨月里风”，最后两句表达点亮春天是点亮生活的希望，生活禅体现在生活的方方面面，清风诗生活融合万物春意盎然，生机勃勃，告别百废待兴的严寒，回荡在天地之间，用最饱满的热情回报春天带给一年的希望。

心田里的春芽

44

故乡的春节
是个暖天
村前的那片稻田
没有油菜花
金黄色的山谷
换成了紫色
那一片紫云英啊
撩起我的记忆
曾经少年几多梦
一川紫气已释然

春天
在这里悄悄地萌芽
这是自己的土地
心地祖上留
我辈自修行
发芽的那片心田
有初心
有祖宗的地契
有一年年铺就的田埂
还有田边那棵
千百年不语的老榕树

春天来了
不是年夜饭的热酒
不是春晚的春潮
不是明朝第一缕阳光
是心田里
那一蕊紫云英的嫩芽
当春风吹来

这里将是我的风景
我的诗篇
呵呵
紫气东来三川秀
春起心田万里风

（2018/2/16）

【赏析】

这首诗以“心田里的春芽”为题，一方面表达诗人酝酿着潇洒的诗篇，那是诗的灵感，也是美好的清风诗生活。另一方面也预示着心田新年萌芽，紫气东来，寓意吉祥。全诗有王国维所言诗词“有我之境”，物皆著我之色彩，联想丰富，以“心田”为线索，从现实到回忆再到回归现实，虚实结合，颇具时空意境。清风如诗，诗如清风，诗人热爱写诗，寻找心田的桃源，寄托美好的情感。表达诗人豁达超然的心境。

第一段，“故乡的春节／是个暖天／村前的那片稻田／没有油菜花／金黄色的山谷／换成了紫色／那一片紫云英啊”。故乡的春节在诗人眼中最为亲切，暖洋洋的春节，不见油菜花的踪影，却看见满目寓意吉祥、紫气东来的紫云英。“撩起我的记忆／曾经少年几多梦／一川紫气已释然”。动词“撩”充满动感，紫云英唤起了诗人少年的记忆与梦想，但时过境迁，一切皆释然。表达诗人洒脱的人生态度。

第二段，“春天／在这里悄悄地萌芽／这是自己的土地／心地祖上留／我辈自修行／发芽的那片心田／有初心／有祖宗的地契／有一年年铺就的田埂／还有田边那棵／千百年不语的老榕树”。诗人回忆祖辈的显赫辉煌，但后辈不甘平庸，靠自己努力奋斗。那片心田，是诗人的初心，心怀梦想与信念，那是自强不息与发愤图强，即使祖辈再辉煌，也要靠自己。

第三段，“春天来了／不是年夜饭的热酒／不是春晚的春潮／不是明朝第一缕阳光／是心田里／那一蕊紫云英的嫩芽／当春风吹来／这里将是我的风景／我的诗篇”。春天来了，在诗人的心中，就是诗的萌芽，在诗人眼中，处处景语皆情语。“呵呵”，表达诗人对写诗的热爱之情。“紫气东来三川秀／春起心田万里风”。春天到来，紫气东来如意吉祥，山川秀美，心田里荡漾着诗心，让诗人诗如泉涌，寻找一种属于自己的清风诗生活，抒发春天给诗人带来的别样意象空间。这是心田里的春芽带来的希望与快乐。

清江桃风

45

正月
是桃花的季节
几滴春雨
催开了一片桃红山谷
点化了一帘幽梦

离离江岸草
悠悠桃里风

正月里
找寻唐宋桃源
沿桃花涧溯溪而上
溪水漂着花瓣
花瓣上标着它的寨子
哦
英州东坡寨
当年东坡夜宿江边
被春梦撩醒
从此
桃花换了花季
黄州桃花开三月
清江春色不待人

呵呵
故乡悠悠
东坡不了情
桃花一梦千年醉
清江风回大地春

（2018/2/18）

【赏析】

清江桃风，清江的桃林，别有一番风味。全诗联想丰富，运用比拟的手法，具有时空意蕴，具有清风诗“诗中有画，画中有诗”的特色。由清江春色、醉人桃风联想到曾经被贬岭南的苏东坡对岭南桃花情有独钟，赞美故乡春色之美，同时也表达诗人寻找心中的桃源与梦想，在时空穿越中，表达一种超然脱俗的人生境界。诗的字里行间透露美的意境，人心净化，先要人生美化，诗人心中有大美，只求心界空灵，不觉得物界喧嘈，文字如“行云流水，自在极了”。

第一段，“正月／是桃花的季节／几滴春雨／催开了一片桃红山谷／点化了一帘幽梦”。正月新春佳节，也是桃花盛开的季节，几滴春雨催开了桃红山谷，一个“催”字，几多风情，惹人遐想无限。

第二段，“离离江岸草／悠悠桃里风”。对仗工整，洋溢着古韵风骨，向读者展现一幅江水、绿草、桃林、春风的美好画卷。自古文人墨客，爱故乡就是从爱故乡山水开始的。

第三段，“正月里／找寻唐宋桃源／沿桃花涧溯溪而上／溪水漂着花瓣／花瓣上标着它的寨子／哦／英州东坡寨／当年东坡夜宿江边／被春梦撩醒”。诗人在正月桃花盛开的季节，寻觅心中的桃花源，想起宋代大文豪苏东坡曾被贬英州（今英德），虽是匆匆过客，却感叹岭南春色如画。“从此／桃花换了花季／黄州桃花开三月／清江春色不待人”。苏东坡被贬黄州，黄州桃花开三月，与清江正月桃花绽放时间虽然不同，但盛开的桃花总是让人陶醉，即使苏东坡被贬黄州，心悦天地宽，无关季节，无问西东，表现出一种豁达的情怀。

第四段，“呵呵”，表达诗人如苏东坡一样潇洒的人生态度。“故乡悠悠／东坡不了情”，诗人热爱故乡，这里有苏东坡的影子。“桃花一梦千年醉／清江风回大地春”，诗人把自己融入了桃花季节，以桃花、故乡、春天表达诗人心中的美好梦想，那是心中的桃花源，诗的灵感来源。

老井的青苔

46

寒冬
外婆家那口老井
冒着热气
热气带着甘醇
随风飘过
带着一点青苔的腥味

相传
韩愈值阳山县令
路过马安山
见井水清澈见底
取葫芦瓢舀水解渴
——
嗯
这水有老槐树的味儿

此后
这井生了许多谜
村里出了文官武将
逢年过节
村民拜谒井上老爷
小童趴在井口
看那井壁滑溜溜的青苔
琢磨着
这青苔与韩愈的瓜葛

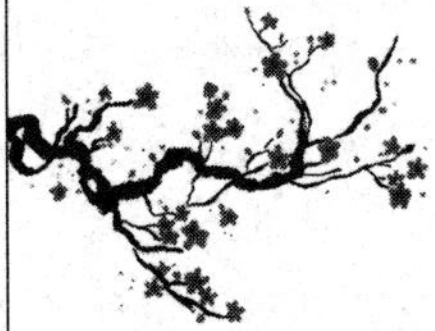

夏风吹过
毛茸茸的青苔上
长出细细的紫色苔花
倒影在井水里

——
紫云泛波碧海里
清泉静流绿苔中

咕咚——
一阵小青蛙下潜
溅我一脸水花
……

（2018/2/21）

【赏析】

这首诗以“老井的青苔”为题，由外婆家老井的青苔，联想到唐代文豪韩愈被贬阳山县令时与老井的渊源，从青苔到苔花，以幽默的笔触结尾，给人遐思迩想，回味无穷。全诗不落俗套，联想丰富，有时空意蕴，运用比拟的手法，以“老井的青苔”表达一种超然豁达的心境。同时表达天人合一的境界，大自然最不显眼、最渺小的青苔也有着存在的价值，表达一种静水流深的智慧。

第一段，“寒冬／外婆家那口老井／冒着热气／热气带着甘醇／随风飘过／带着一点青苔的腥味”。寒冬，外婆家的老井与众不同，冒着热气还带着甘醇，有点青苔的腥味。这是一种原生态、来自大自然的的味道。

第二段，“相传／韩愈值阳山县令／路过马安山／见井水清澈见底／取葫芦瓢舀水解渴／——／嗯／这水有老槐树的味儿”，联想到唐代文豪、监察御史韩愈被贬阳山县令，路过诗人故乡马安山，见井水清澈见底，取水解渴，发现井水有老槐树的味道，这也是源于大自然的味道。

第三段，“此后／这井生了许多谜／村里出了文官武将／逢年过节／村民拜谒井上老爷／小童趴在井口／看那井壁滑溜溜的青苔／琢磨着／这青苔与韩愈的瓜葛”。老井有着深厚的文化底蕴，村里受韩愈之福荫，文官武将辈出，因而逢年过节拜谒井上老爷成了村民的习俗。小童趴着井口，观察青苔，琢磨青苔与韩愈的瓜葛，此处巧妙引出下一段。

第四段，“夏风吹过／毛茸茸的青苔上／长出细细的紫色苔花／倒影在井水里／——／紫云泛波碧海里／清泉静流绿苔中”。夏天的时候，青苔开出如米一样细小的紫色苔花，倒影在水里，如一幅清幽淡雅的画卷。紫色的苔花如紫云般泛波在碧海里，清泉静静流过青苔，给人一种静水流深的意韵。

第五段，“咕咚——／一阵小青蛙下潜／溅我一脸水花／……”，以诙谐的语言表达一种由静到动的意境，老井的青苔充满静水流深的智慧，可爱的小青蛙让人从沉静思考中回归自我，井水常常给人以平静的感觉，可这水底下的世界谁也不知有多深？底下有多少东西？青苔到底有多少？或许还真是一片碧绿静水？或许还是一个涌动的世界。

小舟归乡

47

【题记】

人生路，来来回回；归乡路，老大亦是少年。

从天河下凡
沿珠江溯溪而上
便是生我养我的清江
小舟穿云北江岸
老大听风南渡口

站立船头
远眺去
山还是那大瑶山
韩公禹锡不再
唯江心绿岛
书声琅琅
再续唐宋遗风
更有东坡南来风范
天开清远峡
地转凝碧湾
敬默值此
一阵清风扑面
扫去一路风尘

风飘南岭
一路坦途不见雾
船行古道
两岸绝壁也是诗
转眼
湟川三峡关不住
轻舟已泊朱家湾

（2018/6/22）

【赏析】

小舟归乡，诗人耳顺之年荣归故里，表达惬意淡然与悠闲自得的情怀，字里行间流露看淡、看透、悟透的情愫。人生路，来来回回兜兜转转，诗人回乡，归来亦是少年。全诗运用丰富的联想、比拟和夸张等手法，从归乡之情、归乡之途、归乡之心表达真情实感，洋溢着归乡的畅快淋漓和对诗的热爱。

第一段，“从天河下凡／沿珠江溯溪而上／便是生我养我的清江／小舟穿云北江岸／老大听风南渡口”，描述一种回归、归乡之情，还有放下、淡然的心境，诗人离开工作多年富有感情的天河，从熟悉的珠江回到儿时的清江，虚虚实实，充满期待，表达诗人对故乡的眷恋之情，因为这是初心所在、诗心源泉。

第二段，“站立船头／远眺去／山还是那大瑶山／韩公禹锡不再／唯江心绿／书声琅琅／再续唐宋遗风／更有东坡南来风范／天开清远峡／地转凝碧湾／敬默值此／一阵清风扑面／扫去一路风尘”，描述归乡之途，用比拟的手法，诗人沿途看到大瑶山、北江江心岛、飞来峡，回忆起唐代韩愈、刘禹锡曾被贬此地、宋代苏东坡更留下“天开清远峡，地转凝碧湾”的诗句，昔日此处富有文化底蕴，今天依旧有诗歌节的琅琅读书声，让人感觉如沐春风。

第三段，“风飘南岭／一路坦途不见雾／船行古道／两岸绝壁也是诗／转眼／湟川三峡关不住／轻舟已泊朱家湾”，描述述归乡之心，诗人感到十分畅快和兴奋，精神飞越，两岸绝壁富有文化内涵，是诗的天地。最后两句，点睛之笔，既是写景，又是比兴，既是个人心情的表达，又是人生经验的总结，因物兴感，精妙无比。把归乡愉悦的心情和故乡的自然风光、顺水行舟的流畅轻快融为一体，运用夸张和奇想，写得流丽飘逸、随心所欲、真情流露。

黄莲茶

48

【题记】

多年后发觉，外婆的黄莲茶不是用来解渴的，而是用来悟的。

那是外婆用过的暖壶
发黄的竹编外壳
留下了岁月的年轮
刻着外婆的温情
打开那软木塞
侧耳听暖瓶里的回响
外婆说的八音依旧
此乃大山绝唱
天籁萦绕半世情
茶有余香三生缘

外婆喜欢在暖壶里
放几根黄莲茶
那是舅舅从瑶山采摘的
看外婆品得津津有味
我偷偷喝了几口
苦啊
外婆看着笑了
马骝　那是黄莲茶

出走半生
黄莲丛中崎岖路
老大归乡
也无苦涩也无甜
再品老茶
只剩回甘
人生风雨一路
化作清茶一杯
淡淡的
柔顺绵长

呵呵
扫来黄莲烹茶叶
劈碎沧桑煮菜根

（2018/6/23）

【赏析】

黄莲茶，寓意苦尽甘来，如同人生。如题记所言，外婆的黄莲茶不是用来解渴的，而是用来悟的。全诗“不用禅语，时得禅理”，茶悟，是为了修心，在无尘的净水中彻悟禅意，不为表象迷惑，抵达禅境的彼岸。品茶，在杯盏中得到平和，黄莲茶虽然味苦，但回味甘浓，真正完美的人生当留白。留白，即是禅宗所言的“空”，“色即是空，空即是色”，过眼即是烟云。全诗茶悟与禅悟融合，体味人生感悟，但却轻描淡写、云淡风轻，体现“五维五悟十致”的境界，也体现禅意空间。全诗运用细腻的笔触，充满时空意蕴，描写品黄莲茶的往事，外婆当年品黄莲茶的态度、诗人耳顺之年归乡再品黄莲茶的感觉，悟出归来仍是少年的道理。耳顺之年，山还是山，水还是水，那是心灵的高山，随波逐浪之后的平静之水，悟出诗的一方新境界。

第一段，“那是外婆用过的暖壶／发黄的竹编外壳／留下了岁月的年轮／刻着外婆的温情／打开那软木塞／侧耳听暖瓶里的回响／外婆说的八音依旧／此乃大山绝唱／天籁萦绕半世情／茶有余香三生缘”，细腻地描写昔日外婆盛黄莲茶的暖壶，虽然已经时过境迁，但如黄莲茶一样有着挥不去的记忆。虽然年代久远，但却渗透着外婆的温情，这是诗人诗心的源泉。当年外婆说的八音，如今看来是外婆心中最美妙的天籁之音，它与黄连茶一样，刻入了几代人的心里。

第二段，“外婆喜欢在暖壶里／放几根黄莲茶／那是舅舅从瑶山采摘的／看外婆品得津津有味／我偷偷喝了几口／苦啊／外婆看着笑了／

马骝　那是黄莲茶”。外婆喝黄莲茶津津有味与童年时代诗人感觉苦形成鲜明对比，因为少不经事，未能悟出黄莲茶的味道，那种好奇心与探究态度，成为诗人事业的根基。

第三段，“出走半生／黄莲丛中崎岖路／老大归乡／也无苦涩也无甜／再品老茶／只剩回甘／人生风雨一路／化作清茶一杯／淡淡的／柔顺绵长”。出走半生，诗人归来仍是少年。经历过人生如黄莲般的风雨崎岖路，诗人耳顺之年归乡，心如止水，心无旁骛。再品黄莲茶，如当年外婆品茶一样，回甘有余，悟出苦尽甘来的道理，悟透黄莲，继续出发，诗人恰似少年。

第四段，“呵呵”，表达诗人超然洒脱的人生态度。“扫来黄莲烹茶叶／劈碎沧桑煮菜根”。一个“扫来”，一个“劈碎”，表达诗人耳顺之年，毅然决然，定位新的空间，又平和如初，进一步彰显“不用禅语时得禅理”的风格。“菜根”旨在表达诗人向往平淡安然过日子，也是诗人初心所依。人生就像黄莲茶，平淡是本色，苦涩是历程。黄莲茶由苦到甘，苦尽甘来，宛如人生。茶禅一味，在于品悟，品出境界，不断前行，且行且悟，妙不可言。

山雨

49

【题记】

儿时的雨，现时的雨，是雨，又不是雨。

马安河畔
是多雨的地方
山里人给滂沱大雨
起了个名字
竹篙浪
骚客都写小雨景
山民了知大雨心

小时候的夏天
太阳烤熟了地面
抓蝉的我还在树叉上
忽然
外婆大声喊着
竹篙浪来了

大山那边
一排排竹篙似的雨柱
排山倒海
绝地而来
驱散了天上的白云
赶走了河边的牛群
惊扰了门前的鸡犬
我踉踉跄跄回到家里
大雨砸了下来
一阵烟尘和草香

少小离家
不知道家乡的竹篙浪
经过怎样的岁月
今天缘遇

没有了年少的记忆
曾经来势汹汹
今天竟然如此温柔
或许因为
穿过枪林弹雨
路过狂风暴雨
悟过清风禅雨
回回头

不见竹篙排山来
只听绿柳随风去

呵呵
若问人间沧桑事
老大归来听雨声

（2018/6/23）

【赏析】

山雨，是雨，又不是雨，因为那是心雨，境由心生，禅自悟出。听雨，一种感觉，又饱含人生感悟。儿时的雨，现时的雨，不同的岁月不同的感觉，体现清风诗“五维五悟十致”的境界。一种富有五维空间的思考，很有深度，从故乡山雨名字、儿时山雨欲来、儿时山雨倾城、今时山雨温柔、人生感悟五个部分描述，运用对比、通感和细节描写，人生哲理如故事般娓娓道来，留此大大的时间空间，让人遐想无限，表达诗人大悟的人生境界。

第一段，“马安河畔／是多雨的地方／山里人给滂沱大雨／起了个名字／竹篙浪／骚客都写小雨景／山民了知大雨心”，描述山雨的名字由来，诗人的故乡清远的马安河畔，一个多雨的地方，当地人称滂沱大雨为竹篙浪。文人骚客喜爱描写小雨的浪漫情怀，只有大山的民众才知道大雨滂沱的滋味。

第二段，“小时候的夏天／太阳烤熟了地面／抓蝉的我还在树叉上／忽然／外婆大声喊着／竹篙浪来了”，描述儿时山雨欲来，诗人回忆起童年的夏天，太阳炙烤着大地，自己还在树上抓蝉的时候，外婆、淳朴的山民，已经感知滂沱大雨来临，催促回家。

第三段，“大山那边／一排排竹篙似的雨柱／排山倒海／绝地而来／驱散了天上的白云／赶走了河边的牛群／惊扰了门前的鸡犬／我踉踉跄跄回到家里／大雨砸了下来／一阵烟尘和草香”，运用细节描写描述儿时山雨似城，雨柱排山倒海绝地而来，“驱散”“赶走”“惊扰”“砸”四个动词，表达雨势猛烈。诗人的感觉是“踉踉跄呛”，还有通感的描写，大雨让人感受到烟尘和草香的味道。

第四段，“少小离家／不知道家乡的竹篙浪／经过怎样的岁月／今天缘遇／没有了年少的记忆／曾经来势汹汹／今天竟然如此温柔／或许因为／穿过枪林弹雨／路过狂风暴雨／悟过清风禅雨／回回头／不见竹篙排山来／只听绿柳随风去”，描述今天山雨的温柔，与儿时的猛烈形成鲜明对比，充满时空意蕴，诗人把自己的经历融入其中，站在深度看山雨。时过境迁、物是人非，还是山雨，却今非昔比，因为诗人经历过比山雨更厉害的人生暴雨，已经到达“空”的境界，也是大悟的境界。

第五段，“若问人间沧桑事／老大归来听雨声”。点睛之笔，写的是山雨，表达的是经历过人生风风雨雨，往昔猛烈的山雨又何足道哉？表现诗人已经达到“五维五悟十致”的境界，豁达淡然、潇洒看世界的人生态度。

风月无边

50

【题记】许多事情，只是心境，无关风月。

风
是啥
没人知道
是东风
是西北风
还是如如不动的风
六祖知道

月
是啥
太阳之下
还是白云之上
不知道
只有山神知道
日月可鉴
鉴非台

风
无边
一个交叉
不知风从何来
来来去去
风不见了影
无影无踪
踪点
即是初心

风月
若无边
边际便是苍穹

苍穹无界
只因心无垠
心有多宽
地有多远
若能善良心底
天地即是自己

（2018/6/26）

【赏析】

风月无边，极言风景之佳胜。全诗禅意绵绵，洋溢着人淡如菊、心素如简的禅意，达到“五维五悟十致”的境界。风月体味深度与广度，心无垠，色即是空，空即是色，达到“致善致美”的境界。题记中，许多事情，只是心境，无关风月。表达境由心生、情随境迁的禅意。诗人看穿看透一切是非荣辱，心内空空如也，安静平和，一切俱净。全诗有“犹如莲花不着水，亦如日月不住空”的境界，不被世间的假象所迷惑，放下一切执着，才能成就而得自在。诗句从风、月入手，虚实结合，阐明初心，善良为本，具有大智慧，把一切都看得通通透透、明明了了。表达天地人合一的境界，做人善良为本，如六祖大师一样明心见性。

第一段，“风／是啥／没人知道／是东风／是西北风／还是如如不动的风／六祖知道”，以设问开篇，虚则实之，实则虚之。风到底是什么并不重要，天道轮回，总会知道的。表达禅宗六祖诸事随心，凡事皆念，“一花一世界，一叶一菩提”的道理。

第二段，“月／是啥／太阳之下／还是白云之上／不知道／只有山神知道／日月可鉴／鉴非台”，月到底是什么，同样设问开篇，表达“明镜亦非台”的大智慧。这是一种放下、淡忘、出世的超凡脱俗的境界。

第三段，“风／无边／一个交叉／不知风从何来／来来去去／风不见了影／无影无踪／踪点／即是初心”，风无边无际，既无来，也无去。风不见影，但初心不变。心，就是菩提，菩提就是心中的念。一念起，风起云涌；一念灭，风去归尘。

第四段，“风月／若无边／边际便是苍穹／苍穹无界／只因心无垠／心有多宽／地有多远／若能善良心底／天地即是自己”，风月无边、苍穹无界，心无旁骛，心底无私天地宽。表达人若是以善良为本，即达到天地人合一的大悟境界。风月无边，在云水禅心里，令人安暖生香，回味无穷。

归途，我听我鼾眠

51

【题记】耳顺之年，闻人所未闻，夏夜，鼾眠就好。

一叶芦苇
回流连江源头
少小离家
未知曾经流淌的故事
老大归来
已经淡去莫名的愁绪

雨过龙潭
忘却韩公夜宿的庙
他在思乡夜梦
我在返乡归途
轻舟作枕
夜雾当被
夜行湟川三峡
未过楞伽已入睡
一夜无扰

过贞女峡
悬流射水府
千里翻云涛
梦乡国里
轰雷阵阵惊猿啼
醒来还闻鼾眠声
那么久远
那么绵长
在三峡中回荡
……

（2018/6/26）

【赏析】

全诗语浅意深，借鼾眠表达一种放下的境界。诗人耳顺之年，闻人所未闻，夏夜，酣眠就好，体现禅宗境界“如何向上，唯有放下”。诗句运用平淡的笔调，以达摩祖师一苇渡江的故事自喻，写景抒情，运用对比手法，具有时空意象。通过描写归乡途中的所思所想所悟，表达诗人从容面对人生，心灵云淡风轻不为世事所扰，即使生活会有风生水起，内心也依然波澜不惊，表现耳顺之年“五维五悟十致”的境界。

第一段，“一叶芦苇／回流连江源头／少小离家／未知曾经流淌的故事／老大归来／已经淡去莫名的愁绪”，以达摩祖师一苇渡江的故事开篇，诗人归乡途中，回忆起少小离家，现在耳顺之年归乡，已是坦然面对世事，提起来千斤重，放得下二两轻。

第二段，“雨过龙潭／忘却韩公夜宿的庙／他在思乡夜梦／我在返乡归途／轻舟作枕／夜雾当被／夜行湟川三峡／未过楞伽已入睡／一夜无扰”，故乡湟川三峡，当年唐代大文豪韩愈被贬岭南，坐船的必经之路。昔日韩愈思乡夜梦，今天诗人归途轻松，酣眠入睡。“轻舟作枕／夜雾当被”，表达耳顺之年归乡的淡泊从容、悠然自在的心境。

第三段，“过贞女峡／悬流射水府／千里翻云涛／梦乡国里／轰雷阵阵惊猿啼／醒来还闻鼾眠声／那么久远／那么绵长／在三峡中回荡／……”，沿途贞女峡、湟川三峡美景如画。“轰雷阵阵惊猿啼／醒来还闻鼾眠声／”。充满时空意蕴，联想丰富，表达诗人心无杂念，心如止水，耳顺之年安然入睡，还能自己听到自己的鼾声，表现一种淡然的境界，只可意会不可言传，让人遐想无限。

朱家码头

52

【题记】善，在水一方。

一叶芦苇
随波逐浪半生
漂转故里
船出龙潭雨淼淼
风回瑶岭又一春

小船靠了岸
缓步登上
熟悉而陌生的地方
目睹岸上风物
欲言已止
无问祖地三千亩
只赏清溪五里湾

大树下的码头
几块光滑的石板
几位挑水洗衣的乡亲
我低语问道
阿婶／这是什么码头
你新来的么／朱家码头咩
我深深地鞠了个躬
谢天谢地
朱家也是前朝事
码头还有念旧人

一个码头
一个家族的记忆
一个出发的标识
一个归航的锚地
一条系着初心的脐带

（2018/6/28）

【赏析】

这首诗以“／朱家码头”为题，这曾经是诗人祖辈显赫地位的象征，往事如浮云，无论怎样辉煌显赫，总有落幕的时刻，唯有善，在水一方，才会让人留下永恒的记忆。诗句洋溢着淡然的旋律，充满时空意蕴，字里行间流露诗人的人生感悟，万事万物都会失去，在它失去之前，让它感悟自己，人生就是西游记，历经磨难，看你感悟有几多。诗句以达摩祖师一苇渡江开篇，有着“本就如来，何来如去”的禅宗意象，表现清风诗“五维五悟十致”的境界，蕴含风度的意蕴，表达悟空的感觉，有着“致真致诚、致善致美”的感情。全诗用比拟的手法，表达一种游子荣归故里的情怀，表现诗人一生随波逐浪、历经风雨，有着超然脱俗的境界，读来令人回味无穷。

第一段，“一叶芦苇／随波逐浪半生／漂转故里／船出龙潭雨淼淼／风回瑶岭又一春”，昔日达摩祖师一苇渡江，今天清风诗人荣归故里。诗人半生随波逐浪，不懈奋斗，耳顺之年退休归乡，又开启全新的生活模式，如充满希望和期待的春天来临了。

第二段，“小船靠了岸／缓步登上／熟悉而陌生的地方／目睹岸上风物／欲言已止／无问祖地三千亩／只赏清溪五里湾”，船舶码头，诗人归乡，目睹眼前一切，从容淡泊。无论祖辈如何辉煌，自己只是欣赏那大自然的美景。表达一种超然物外、脱俗潇洒的心境。

第三段，“大树下的码头／几块光滑的石板／几位挑水洗衣的乡亲／我低语问道／阿婶／这是什么码头／你新来的么／朱家码头咩／我深深地鞠了个躬／谢天谢地／朱家也是前朝事／码头还有念旧人”，用阿婶记得朱家码头的对白，既表现祖辈的显赫，也表达唯有向善，才能令人铭记于心。

第四段，“一个码头／一个家族的记忆／一个出发的标识／一个归航的锚地／一条系着初心的脐带”，码头是记忆、标识、锚地、脐带，祖辈的辉煌让子孙后代铭记于心，既是初心所在，又是归乡港湾。经历人生风风雨雨，更加知道祖辈的显赫来之不易，到了耳顺归乡之年，更是泰然自若，笑看人生。

村前，那一棵九里香

53

【题记】记住该记住的，让它顺着小溪汇入大海。

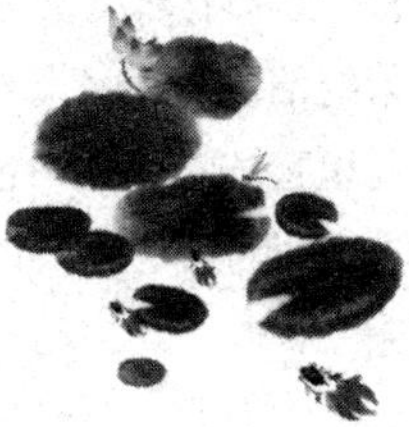

故乡那村子很小
用百度搜了好几回
屏幕上一片空白
回到村里
那空白的地方
能容得下几万个百度

村前的小溪
山泉水依然流淌着
溪边的石缝里
那一棵九里香依然挺立
那些年
天天见君不识君
只缘身在九里亭
那一年
一个金色的傍晚
在回村的路上
远远闻到一种淡淡清香
寻香而去
那是村口的九里香

又是傍晚时分
九里香在晚风中摇曳着
把那特有的味道
撒向静谧的小山村
偶尔落下几朵纯洁的花瓣
顺着溪水漂去
莫问花瓣漂何处
清江岸边有人家

（2018/6/29）

【赏析】

九里香，又名千里香，正如其名，只要九里香花开，远远就能闻到其香味。以“村前，那一棵九里香”为题，意在表达乡村人家的纯朴，全诗运用白描手法，通过臆想的意象，表达不忘初心的情怀，依恋故土又渴望走出大山，这是山里人所思所想所爱。题记“记住该记住的，让它顺着小溪汇入大海”，是要记住淳朴的初心，无论到哪里都不会忘记。

第一段，“故乡那村子很小／用百度搜了好几回／屏幕上一片空白／回到村里／那空白的地方／能容得下几万个百度”，用对比的手法描写故乡的小村庄很小，回到村里感到留白很多，为下文描写九里香作铺垫。

第二段，“村前的小溪／山泉水依然流淌着／溪边的石缝里／那一棵九里香依然挺立／那些年／天天见君不识君／只缘身在九里亭／那一年／一个金色的傍晚／在回村的路上／远远闻到一种淡淡清香／寻香而去／那是村口的九里香”，用白描的手法，小溪、山泉水、石缝、九里香……九里香给诗人留下深深的记忆，曾经天天见却不识君，但却凭着淡淡的清香，认识了村口的九里香。九里香，浓香却不俗气，夹杂着自然的气息，让人感到很舒服，芳香满溢，给人温馨的感觉。

第三段，“又是傍晚时分／九里香在晚风中摇曳着／把那特有的味道／撒向静谧的小山村／偶尔落下几朵纯洁的花瓣／顺着溪水漂去／莫问花瓣漂何处／清江岸边有人家”，九里香的花，是白色的，一束束洁白的小花，给人视觉美感。洁白，给人一种纯洁、高尚的感觉。九里香，如山里人家一样淳朴，给人美的享受。

拐弯，遇见诗雨

54

【题记】拐个弯，也许会遇见意想不到的风景。

堵车
选择绕道
不经意
东城太阳西城雨
道是无景却有景

江边
一个大拐弯
拽来一场豪雨
洒在酷热的大地上
蒸发的热浪
模糊了前行的路
从前急匆匆
这一回
慢慢行来慢慢看
一场别样的雨
让夏日烦心的城市
多了些许快意

雨刮器
忙个不停
在天空上刷屏
那雨花
绽放于天地之间
雨和诗
黏在挡风玻璃上
黏住了向前滚动的轱辘
……

（2018/7/6）

【赏析】

这是夏日里一阵清凉的风。以“拐弯，遇见诗雨”为题，意蕴深远，如人生的风雨，拐个弯，也许会遇见意想不到的风景，又是一番别样的景致，如诗雨般渗入人的心扉。诗人在路上严重堵车，放弃不悦，决定绕道，却换个角度思考问题，展开丰富的联想。字里行间流露境由心生、情随事迁的禅宗境界，世事无常，往往不经意间风云变幻，表达诗人豁达超然的人生态度。体现清风诗“五维五悟十致”的境界，具有“五维”的“风度”、“五悟”的“魂”、“十致”的“致情致性”。

第一段，“堵车／选择绕道／不经意／东城太阳西城雨／道是无景却有景”，堵车无奈，唯有绕道，不经意间，却发现东城出太阳西城下雨，以为没有风景却原来风景就在身边。表达了诗人举重若轻，随遇而安的心境。

第二段，“江边／一个大拐弯／拽来一场豪雨／洒在酷热的大地上／蒸发的热浪／模糊了前行的路／从前急匆匆／这一回／慢慢行来慢慢看／一场别样的雨／让夏日烦心的城市／多了些许快意”，寓情于景，一个“拽”字，牵动了风景和读者的心情，表达拐个弯后看世界，心境由阴转晴。豪雨洒在大地上，模糊了前行的路，堵车严重，本来心急如焚，拐个弯后却慢慢行来慢慢看，发现这场别样的雨来得正好，让人由烦心变得快意。世事沧桑，换个心境看问题，一切又会柳暗花明又一村。

第三段，“雨刮器／忙个不停／在天空上刷屏／那雨花／绽放于天地之间／雨和诗／黏在挡风玻璃上／黏住了向前滚动的轱辘／……”，刷天空之屏，可见诗人心胸与格局之大，由雨刮器刷屏联想到雨花绽放。在诗人心中，豪雨造成的堵车绕道，反而变得更有诗意，因为雨花绽放于天地之间。雨和诗的融合，更加体现一种天人合一的境界。

音乐撞了我的茶杯

55

【题记】

茶，被撞，余音，不知道是音乐还是诗，或许只是空响。

那音乐
不知道啥名字
撞了刚刚斟满的
这杯茶
茶湖晃了几下
阵阵涟漪
消失在清江的对岸

那音乐
还在回响
拉长了的旋律
也让这杯茶绵绵不绝
远处
看不到尽头
一路茶香
悠然自得的那个味儿
一路茶色
故乡黄昏的那个绝美
一路音乐
带着茶韵与那个诗香

那音乐
那茶杯
那诗香
浑然一体
又一个混沌状态
无声无息
无色无味
无边无际

无影无踪
……

呵呵
风来八方无踪迹
空留一心纳苍穹

（2018/7/6）

【赏析】

这首诗以“音乐撞了我的茶杯”为题，音乐的美感醉人心田，一个“撞”字，充满动感，运用通感的手法，洋溢着时空意蕴，让人感到音乐、茶与人的融合，这是诗人耳顺之年的大悟境界。全诗具有茶的温度，音乐的致静致远，有着“收则归于混沌，放则八面来风”的空静的意境。全诗具有收放自如的诗境，诗人在自己的意象田园中悠闲自得、随心所欲地耕耘，表达一种悠然自乐、豁达洒脱的心境，一种空灵的禅意，体现清风诗“五维五悟十致”的境界。

第一段，“那音乐／不知道啥名字／撞了刚刚斟满的／这杯茶／茶湖晃了几下／阵阵涟漪／消失在清江的对岸”，音乐，即使不知道啥名字，却悦耳动听到极致，竟然撞了我刚刚斟满的新茶，茶如湖水般泛起阵阵涟漪，让诗人想起自己故乡的清江。

第二段，“那音乐／还在回响／拉长了的旋律／也让这杯茶绵绵不绝／远处／看不到尽头／一路茶香／悠然自得的那个味儿／一路茶色／故乡黄昏的那个绝美／一路音乐／带着茶韵与那个诗香”，音乐余音缭绕，茶香香飘四溢，看不到尽头的，是那致静致远的空灵禅境。一路的茶香、茶色与音乐糅合，令人想起故乡黄昏的美景，茶韵与诗香一色，让人遐想无限。

第三段，“那音乐／那茶杯／那诗香／浑然一体／又一个混沌状态／无声无息／无色无味／无边无际／无影无踪／……”，音乐、茶杯、诗香，浑然一体，呈现一种空灵的意境，达到致情致性的境界，天人合一，诗画一炉，动静一体，万物不二。

第四段，“呵呵”，表达一种超然洒脱的心境。“风来八方无踪迹／空留一心纳苍穹”。结尾点睛之笔充满灵活而不可捉摸，空静而带有灵活的气息，表达一种飘然出世，身在世外的超然的态度。

清空行囊，还乡

56

【题记】

来也空空，归也空空，
空空如也，如也空空。

浪迹天涯
回回头
脚印一串
远处的那些足迹
长出青苔
覆盖了岁月的枯荣
即便是
滴血的那段山路
也已布满了杜鹃花

一路行军
已经疲惫不堪
清空吧
清空曾经的岁月
清空从前的惆怅
清空走过的足迹
将军功章挂在云端
把诗扔回大海
让禅意隐归山谷

空了
静了
知道了
沿着故乡的路
迈开轻盈的步履
路上
若果
山还是那座山
水还是那方水
若是

乡音不改
童心未泯
也就
不负流年伴梦醒
只慰老马识归途

（2018/7/9）

【赏析】

全诗运用淡然的笔触，禅意绵绵，意蕴深厚，意象丰富。使用比拟的手法，具有时空感，从归乡心境、军旅生涯与诗，人生踏入第三重境界三方面娓娓道来，表达诗人耳顺之年的从容洒脱的心境，达到人生第三重境界“看山还是山、看水还是水”。来也空空，归也空空，空空如也，如也空空，人生就是色即是空，空即是色，万物不二，一种回归大自然的禅宗的空静境界。

第一段，“浪迹天涯／回回头／脚印一串／远处的那些足迹／长出青苔／覆盖了岁月的枯荣／即便是／滴血的那段山路／也已布满了杜鹃花”，描写诗人归乡的心境。诗人历经风雨人生，如浪迹天涯，回望过去，脚印深浅不一。过往的辉煌与荣耀，都已经化作青苔，成为历史。曾经的挫折也烟消云散，由滴血的山路变成布满杜鹃花。

第二段，“一路行军／已经疲惫不堪／清空吧／清空曾经的岁月／清空从前的惆怅／清空走过的足迹／将军功章挂在云端／把诗扔回大海／让禅意隐归山谷”，诗人毕生难忘的军旅生涯，一生与诗为伍，在耳顺之年清空一切，是回归内心深处的世界，此处连续用四个“清空”，表达诗人从容淡泊、超然物外的心境，喜爱禅意的回归。

第三段，“空了／静了／知道了／沿着故乡的路／迈开轻盈的步履／路上／若果／山还是那座山／水还是那方水／若是／乡音不改／童心未泯／也就／不负流年伴梦醒／只慰老马识归途”，诗人还乡，寻找一种空和静的心境。此刻诗人已经达到人生第三重境界“看山还是山，看水还是水”，不负人生曾经的付出，老马归途荣归故里。这种境界也是人生第三重境界“万古长空，一朝风月”。在经历了风风雨雨，荆棘坎坷，尝尽人生百味，体会过喜怒哀乐以后，耳顺之年还乡顿悟，世间万事皆过眼云烟。虽是如此却总有生命的意义，总有存在的意义。诗人心胸豁达，诗句意境高深，有才而不显，有势而不放，感悟人生大道。

云水间

57

【题记】
眼遇缘来乡先生美图，置身云水之中，记下一段心路。

回归山门
发现
何为静界
多年浪迹天涯
寻寻觅觅
今朝幡然醒悟
静界
于云水之间

少小顾仓廪
无暇云水
故离家
归来
不恋杜康
不赏青山绿水
在云水之间
寻找似曾相识的
过去

云水间
一层层的绿
一曲曲天籁的回响
一阵阵清风
一叶淡淡的弯月
云水间
一片空灵
一方旷野
留给远方的过客
如来

或诵经或作赋
或打坐或静默
或观音或听风
如去
云水依然
无问风雨
空空如也

呵呵
行吟天地中
听风云水间

（2018/7/9）

【赏析】

云水间，让人想起白居易的诗句“云本无心水自闲”，这是诗人看到友人的美图，记下一段心路，表达耳顺之年回归的感悟。全诗禅意绵绵，云水之间就是天地之间。天上的白云随风飘荡，舒卷自如；山上的流水淙淙潺流，从容自得。全诗把大自然的风光人格化，充满生机、活力，点染着诗人闲逸的感情，具有清新感。采取象征手法，写景寓志，以云水的逍遥自由比喻恬淡的胸怀与闲适的心情，“兴发于此而义归于彼”，言浅旨远，意在象外，寄托深厚，理趣盎然。诗的风格平淡浑朴，追求一种空静的意境，也是天地人合一的境界。

第一段，“回归山门／发现／何为静界／多年浪迹天涯／寻寻觅觅／今朝幡然醒悟／静界／于云水之间”，诗人耳顺之年回归山门，在寻寻觅觅半生后，终于悟出空静的道理，“色即是空，空即是色”，空静意境在云水禅心里，在天地万物之间。表达追求一种渴望摆脱俗务、超然物外的心境。

第二段，“少小顾仓廪／无暇云水／故离家／归来／不恋杜康／不赏青山绿水／在云水之间／寻找似曾相识的／过去”，诗人回首过去，少小离家，戎马半生，无暇细赏身边风景。今朝耳顺之年归来，不恋过往，只希望在云水天地之间寻找曾经的美好，寻觅昔日那份纯真的初心。

第三段，“云水间／一层层的绿／一曲曲天籁的回响／一阵阵清风／一叶淡淡的弯月／云水间／一片空灵／一方旷野／留给远方的过客／如来／或诵经或作赋／或打坐或静默／或观音或听风／如去／云水依然／无问风雨／空空如也”。云水间，是诗人心中的桃花源，空灵圣洁之地。表达天地人合一的境界，如来如去，不二选择，追求一种“空”和“静”的禅宗境界。诗人内心能够像水与云一样，看似无形却有形。这是一种很高的人生境界，心静如水，却又能够像云那般自由飘扬，心境之高远可见一斑。

第四段，“呵呵”，表达诗人心无旁骛、潇洒出世的心态。“行吟天地中／听风云水间”，“心中若有桃花园，何处不是云水间”，诗人如白云坦荡淡泊的胸怀和流水闲静雅致的心态。寓情于景，天地中、云水间，自由自在，自得自乐，逍遥惬意，是诗人思想感情的真实写照，也是耳顺之年的大悟境界。

从心开始

58

【题记】心很大，大如宇宙；心很小，小若无形。

多少年
游离于心之外
犹如
无尾飞砣
不知道从哪出发
不知道去了哪
若果
不记得从哪来
不必多想要到哪去
如来如去
不二之旅

从心出发
丈量那心与路的距离
那若即若离的路
有多少牵挂与感伤
数一数路途起伏的旋律
山巅与山谷里
有多少清凉与感悟
如果不堪回首
那就
一键清零
回到如初的心

从心开始
在心里静待五百年
混混沌沌
等待某年某月的某一天
再一次混沌初开
重启
你的第二次西游

（2018/7/12）

【赏析】

这是一首禅意诗，诗人耳顺之年达到大悟境界，悟出“从心开始”，心注一境，化难为易，达到清风诗“五维五悟十致”的境界，具有“五维”的“深度”、“五悟”的“空”、“十致”的“致静致远”。眼里的世界，从来只是表象；心灵的声音，才是生命的真谛。诗句想象丰富，颇具空间感，蕴含禅宗空灵的意境，境由心生，情随境迁。心很大，大如宇宙，可以包容万物；心很小，小若无形，达到圆融境界。全诗用比喻、夸张的手法，从曾经的游离之心、现在从心出发，从心开始的境界三个部分，表达“心无旁骛似明镜，无风何处起涟漪”的意境。

第一段，“多少年／游离于心之外／犹如／无尾飞砣／不知道从哪出发／不知道去了哪／若果／不记得从哪来／不必多想要到哪去／如来如去／不二之旅”，诗人描述过去的岁月，自己曾经的游离之心，好像无尾飞砣，不知从哪里出发和去了哪里。若能从心出发，来来去去归于心，则无来也无去，无分别心。

第二段，“从心出发／丈量那心与路的距离／那若即若离的路／有多少牵挂与感伤／数一数路途起伏的旋律／山巅与山谷里／有多少清凉与感悟／如果不堪回首／那就／一键清零／回到如初的心”，表达从心出发，随遇而安，心安就自在。放下一切，回归初心，成败得失也就是那么回事。重要的是要养成好心态，活出好心情。

第三段，“从心开始／在心里静待五百年／混混沌沌／等待某年某月的某一天／再一次混沌初开／重启／你的第二次西游”，诗人曾说过，人生就是西游记，历经磨难，看你感悟有几多，最终始终会找到属于自己的定位。万事万物都会失去，在它失去之前，让它感悟自己。从心开始，这是诗人耳顺之年达到一种大悟的境界。只要心透彻，哪怕世界混混沌沌，人生也能保持透明。寻找清静的心灵家园，禅悟人生。空，是一种境界。世间万物皆空，看透红尘世事，心才能安定。“花开水流去，寂然天地空”是一种大悟境界，从心开始，简化心灵。把心归于本真，归于平静，归于简单。让心变得空灵、寂静、淡泊、安宁，淡到若有若无，浅到清澈见底。

清江观潮

59

【题记】这江，刘禹锡刚刚行过。

脚下
巍巍南岭
一足踏三省
有诗人道——
借问湘江源何处
潇水天来向北流
殊不知
涓涓朝南去
迎那长安人

清江汤汤
凝碧风卷云
飞来浪拍崖
野渡空舟
岁月沉浮
偶见浪过帆折
顺流逆流
多少英雄豪杰
大浪淘沙
何须多愁
两岸青山留不住
奔流而去不回头

远处湟川
回荡着刘郎千年绝唱——
沉舟侧畔千帆过
病树前头万木春

（2018/7/12）

【赏析】

这首诗以“清江观潮”为题，诗人由清江想起曾为监察御史、被贬岭南连州的唐代诗豪刘禹锡。全诗寓情于景，暗含哲理，意象丰富，充满时空意蕴，虚中有实，实中有虚，虚实一体，含义深远，表明新事物必将取代旧事物，表达一种大浪淘沙的意境，既显示刘禹锡对世事变迁和仕宦升沉的豁达襟怀，又表现诗人自己潇洒豁达、超然脱俗的情怀。

第一段，“脚下／巍巍南岭／一足踏三省／有诗人道——／借问湘江源何处／潇水天来向北流／殊不知／涓涓朝南去／迎那长安人”，诗人看到脚下的清江，有感而发，诗人写下诗句“借问湘江源何处／潇水天来向北流”。清江当初迎来了来自长安被贬岭南的唐代诗人刘禹锡，这是清江的荣耀。

第二段，“清江汤汤／凝碧风卷云／飞来浪拍崖／野渡空舟／岁月沉浮／偶见浪过帆折／顺流逆流／多少英雄豪杰／大浪淘沙／何须多愁／两岸青山留不住／奔流而去不回头”，借景抒情，虚实结合，清江汤汤引发诗人无限感慨。表达人生“色即是空，空即是色”，一种空静的感慨。人生如顺流逆流、大浪淘沙。诗人的思绪也似这江水般波澜起伏，绵延不绝，故而有感而发。

第三段，“远处湟川／回荡着刘郎千年绝唱——／沉舟侧畔千帆过／病树前头万木春”，远处湟川三峡，曾经是刘禹锡被贬的地方。纵使当时岭南地区环境艰苦，刘禹锡依然乐观坚强，写下“沉舟侧畔千帆过，病树前头万木春”的千古名句。诗人在耳顺之年归乡，回到当初刘禹锡被贬之地，赞颂刘禹锡的乐观积极的心态，重新投入生活的意愿及坚韧不拔的意志，同时也表明自己与刘禹锡一样洒脱豁达的胸襟。沉舟侧畔，千帆竞发；病树前头，万木逢春。新事物总会取代旧事物，就像万木争春，一切都会有新的开始。

撕开一片天

60

【题记】撕开了，就是诗。

这天
被缝得结结实实
大地的穹顶
像一个压抑的锅顶
让人窒息

一双如来神手
撕开一片天
顷刻间
清风匝地
换了人间
云之上
浩宇无垠
一片光明
深处蔚蓝的世界
发出阵阵天籁之音
云之下
云雾散尽
山河安好
清江风动无渔船
飞来谷静有蝉声

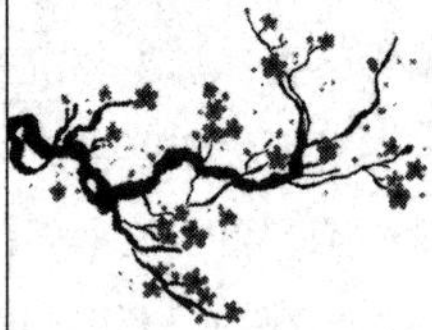

呵呵
天上扶摇九万里
人间竞渡一千河

（2018/7/13）

【赏析】

这是一首禅意诗。撕开一片天，就是一首诗，因为看到了希望。诗人运用哲学思维，从不同角度看世界，世界总是美好的，表达通过自身的努力和良好的心态探究世界、知行合一的思想。全诗运用比兴、比喻、拟人的手法，联想丰富，通过时间与空间的描述，具有天地人的维度，让人遐想无限，妙不可言。具有清风诗“五维五悟十致”的境界，“五维”的“深度”、“五悟”的“魂”，“十致”的“致理致明”。

第一段，“这天／被缝得结结实实／大地的穹顶／像一个压抑的锅顶／让人窒息”，联想丰富，眼前天昏地暗、乌云密布的天空象征困难挫折。这或许是宇宙的、心灵的秘密，惹人遐想。

第二段，“一双如来神手／撕开一片天／顷刻间／清风匝地／换了人间／云之上／浩宇无垠／一片光明／深处蔚蓝的世界／发出阵阵天籁之音／云之下／云雾散尽／山河安好／清江风动无渔船／飞来谷静有蝉声”，一双如来神手寓意智慧之手，比喻自身努力与心态。心生菩提，如来就是自己。这里暗含哲学思想，表明诗人面对挫折豁达大度的人生态度以及多维度探究事物的方法路径。这是诗与哲学结合，站在天地人的维度，在天地之间观察事物。撕开一片天后，一切又会是美好的世界，如换了人间，无论云之上还是云之下，都让人欢欣喜悦。诗句“诗中有画、画中有诗”，表达一种希望与期待，相信事物总会有美好的一面。

第三段，“呵呵”，表达一种乐观自信的心态。“天上扶摇九万里／人间竞渡一千河”，借用毛主席的诗“坐地日行八万里，巡天遥看一千河”，诗人写下“天上扶摇九万里／人间竞渡一千河”，表达豪情万丈、壮志雄心的情怀，对未来充满信心和希望。

正果

61

【题记】

荔枝的味道，关乎正果。

它
来自新州
清香的味道
红朱色的袈裟
释迦的外形
菩提般的叶子
小小个
不事张扬
不知正果为何物
眼前香荔不语中

那荔枝树
一千年天地机缘
五百年风雨修行
得以成正果
端端正正
圆圆融融
面对滚滚红尘
一派自信与自我
无关其余

芸芸众生
善为本
一路西游一路风尘
明德以修身
正心以正念
独其身
修其心
心正出正果
心孬结歪瓜

若不善待万物
何以善始善终

呵呵
香荔树下弥勒笑
善德修心正果来

（2018/7/16）

【赏析】

这首诗以“正果”为题，全诗禅意绵绵，是一首禅意诗。正果，既指修道有所悟，也比喻好的归宿或者结果。全诗以“荔枝”切入，充满时空意蕴，托物言志，运用白描和比喻的手法，从荔枝到荔枝树，再到经历人生风雨修身结善果，表达人心向善，种善因得善果的禅宗意境。人生历经浮沉，总会有苦难、挫折、不舍，方能变得心如止水，恬淡致远。喧嚣过后，学会沉淀，学会修心，沉淀过往，积德行善，心静如禅，自然会收获正果。

第一段，“它／来自新州／清香的味道／红朱色的袈裟／释迦的外形／菩提般的叶子／小小个／不事张扬／不知正果为何物／眼前香荔不语中”，运用白描的手法描写正果——新兴的荔枝，六祖故里是新兴，新兴荔枝似乎沾了六祖的禅味，“红朱色的袈裟／释迦的外形／菩提般的叶子”，独具特色，所以诗人美其名曰“正果”。

第二段，“那荔枝树／一千年天地机缘／五百年风雨修行／得以成正果／端端正正／圆圆融融／面对滚滚红尘／一派自信与自我／无关其余”，荔枝树历史悠久，历经风雨，最终修成正果。以树喻人，人历经风雨，面对滚滚红尘，不卑不亢，表现自信与自我，也会得到好的结果。

第三段，“芸芸众生／善为本／一路西游一路风尘／明德以修身／正心以正念／独其身／修其心／心正出正果／心孬结歪瓜／若不善待万物／何以善始善终”，一个“善”字贯穿始终，以善为本，修心养性，如唐僧师徒一路西游。人生也是西游记，历经磨难，最终修得正果。从荔枝树结的正果到人生修心出正果，联想丰富，时空跳跃，又让人感到一气呵成。

第四段，“呵呵”表达一种超然的心态、会心的微笑。“香荔树下弥勒笑／善德修心正果来”。荔枝树下仿佛看到弥勒佛的微笑，具有善德的人修心养性，自然会得到正果。诗句耐人寻味，妙不可言，让人感受到一种正能量。

天地间

62

【题记】在天地之间，寻觅曾经丢失的东西。

那些年
不知天高地厚
面朝大路背朝天
不问天上之事
今日仰天空
深不见顶
蓝蓝的天幕
还有
变化万千的云朵

这宁静的村子
约莫是云的故乡
在“山神”的吹动下
上演一幕幕白云秀
云在飞奔
往大海的方向去了
大地在转动
分不清东西南北
天旋地转
幸好抱住一棵木棉树
刹那间
天地不动云在动
驻足为锥定神来

天地永恒
风轻云淡
闲来一杯酒
醉在天地间
呵呵
如如不动立苍穹
任尔风云掠心中

（2018/7/19）

【赏析】

这首诗以“天地间”为题，让人想起宋代文豪苏轼的诗“大哉天地间，此生得浮游”，人生于天地间，表达天地人合一的境界。全诗运用对比和白描的手法，从过去的心态、现在的心境、天地人合一的角度去思考人生的悟空，悟空了，什么也没有失去。“色即是空，空即是色”，不二选择。诗人被天空漂亮的云朵吸引，表达我心不动，如如不动，任尔东南西北风的悟空境界。心若拥有，天地归我，心不动万物皆寂静才是禅宗真谛。题记，在天地之间，寻觅曾经丢失的东西。失去“了空”其实什么也没失去，“了空”，即了却而空寂，是悟空的境界。悟到失去的其实没有失去，因为天地间人是中心，人身为中心，所以无失去。悟到失去的其实没有失去，只是以前未顿悟，现在顿悟了。全诗有“宠辱不惊，看庭前花开花落；去留无意，望天上云卷云舒”的境界，表达诗人一种博大宽广的胸襟。

第一段，“那些年／不知天高地厚／面朝大路背朝天／不问天上之事／今日仰天空／深不见顶／蓝蓝的天幕／还有／变化万千的云朵”，过去的心态与现在的心境作对比。忙碌的过去，无暇顾及天上的云朵；今天的仰望，发现天空千变万化的云朵，原来这样美。

第二段，“这宁静的村子／约莫是云的故乡／在“山神”的吹动下／上演一幕幕白云秀／云在飞奔／往大海的方向去了／大地在转动／分不清东西南北／天旋地转／幸好抱住一棵木棉树／刹那间／天地不动云在动／驻足为锥定神来”，运用白描手法描写云的变化万千，但诗人此刻的心境是“云在动、心不动”的悟空境界。心不动，心清净，少是非，更是人格魅力的体现。

第三段，“天地永恒／风轻云淡／闲来一杯酒／醉在天地间／呵呵／如如不动立苍穹／任尔风云掠心中”，表达心境平和、淡泊自然的心态。心底无私天地宽，云淡风轻，得之不喜，失之不忧，不过分在意得失，不过分看重成败，不过分在乎别人的看法。人生于天地间，天地人合一，悟空一切，表达诗人恬然自得，超然达观，笑看人生的心境及心不动万物俱静的禅宗境界。

我问故乡的晨曦

63

【题记】
梦回故乡，诗落晨曦无影中。

少小离家
听惯了红尘的喧嚣
分不清哪是音乐
哪些是吵闹

老大归乡
昨夜的蛙鸣声
伴我入眠
早起
推开老宅的木门
一阵吱扭声
半生思乡情
外婆的荷塘前
一川晨曦扑面而来

我问故乡的晨曦
还记得寨子那穷小子吗
寒风里打着赤脚
光着屁股
脸黄肌瘦的那个
晨曦不语

我问故乡的晨曦
还记得那年当兵那小伙吗
晨风中搭拖拉机
在乡亲们的簇拥下
头也不回的那个
晨曦依然不语

我问故乡的晨曦

还记得从前的朱家码头吗
马安河畔
家有良田千亩
有糖寮有白马的那户人家
……

我睁开眼
一阵晨雾飘过
带着瑶寨的花香
我
找回了童年的味道
朝阳冉冉升起
晨曦升腾
十里田园十里画
百里瑶乡百里风

（2018/7/20）

【赏析】

诗人耳顺之年梦回故乡，借故乡晨曦追忆往事，晨曦充满诗情画意，让人回味无穷，耐人寻味。运用通感、提问的手法，三问晨曦，追忆往事，洋溢着时空意蕴，最后一段充满希望和期待，老大归乡一切又有新的开始。表达回归故里、回归大自然的朴实情怀。

第一段，“少小离家／听惯了红尘的喧嚣／分不清哪是音乐／哪些是吵闹”，表达诗人对故乡的眷恋，一种感慨之情油然而生。

第二段，“老大归乡／昨夜的蛙鸣声／伴我入眠／早起／推开老宅的木门／一阵吱扭声／半生思乡情／外婆的荷塘前／一川晨曦扑面而来”，诗人在耳顺之年梦回故里，蛙鸣声如大自然的天籁之音，老宅的木门发出吱扭声，刻上岁月的烙印。诗人半生在外，难舍故乡情。怀念童年外婆家的岁月，回忆起昔日的一川晨曦，又触动了诗人念想最柔软的地方。

第三段，“我问故乡的晨曦／还记得寨子那穷小子吗／寒风里打着赤脚／光着屁股／脸黄肌瘦的那个／晨曦不语”，第一问晨曦，回忆童年瑶寨的艰难岁月，虽然是穷小子，食不裹腹，但寒风里打着赤脚却是为了去上学。因为艰辛，所以发奋。

第四段，“我问故乡的晨曦／还记得那年当兵那小伙吗／晨风中搭拖拉机／在乡亲们的簇拥下／头也不回的那个／晨曦依然不语”，第二问晨曦，义无反顾地选择了军旅生涯，无怨无悔付出自己的青春芳华。因为有梦，所以前行。

第五段，“我问故乡的晨曦／还记得从前的朱家码头吗／马安河畔／家有良田千亩／有糖寮有白马的那户人家／……”，第三问晨曦，回忆祖辈曾经辉煌显赫的历史，福荫和鞭策着子孙后代。因为眷恋，所以深情。

第六段，“我睁开眼／一阵晨雾飘过／带着瑶寨的花香／我／找回了童年的味道／朝阳冉冉升起／晨曦升腾／十里田园十里画／百里瑶乡百里风”，穿越时空，梦醒归来，晨雾缭绕，如瑶寨的花香四溢，让诗人找回童年的味道。朝阳、晨曦，往事如烟，渐渐飘散，眼前充满期待和希望。最后两句点睛之句，对仗工整，回归故乡，回归大自然，一种落叶归根的愉悦跃然于诗，妙不可言。

炼丹

64

【题记】

炼丹不为炼丹，修行炼心也。

大暑天
想起冬瓜炖汤
用四季清凉
灭当下的酷暑
夏日炎炎
烧开了冰凉的水
烧糊了千年的酒

烧酒
100度
遇火即燃
融化了风雨的旅途
拷问着坎坷的人生
燃烧着
一汪冰池
冰清玉洁一壶春
冷暖人间九重天

清远峡
炼丹道场
渡四方贤士
成千秋文章
韩愈禹锡苏东坡
行至飞来诗成河
看看他们的路
唯有坎坷
坎坷得很有诗韵
飞来一筹莫展
飞去漫卷诗篇
一川飞霞

满江觉悟
千年风云生两岸
十九福地炼一炉

迎风驱炎凉
尝胆炼丹心
沧桑路
各自感悟
悟空境
归于正道
人生本是西游记
悟得真经话今昔

（2018/7/24）

【赏析】

全诗禅意绵绵，“不著一字，尽得风雅”，颇具清风诗“五维五悟十致”的境界，具有“五维”的广度与深度、“五悟”的魂与空、“十致”致静致远与致理致明。道家讲的是炼心，儒家讲的是治心，佛家讲的是修心。以“炼丹”为题，实际上炼丹不为炼丹，是为修行炼心也。全诗从炖汤、烧酒等日常生活禅入手，借飞来峡描写被贬岭南文豪的胸襟与才华，充满时空意蕴，表现一种悟空的意境。诗人在耳顺之年感叹人生就是西游记，历经磨难，看人感悟有几多，最终始终会找到属于自己的定位，看透、看淡、悟透人生，表达一种大悟的境界。真正的修行，是历事炼性、对人炼心，心态好，世界才会美好。诗句有“犹如莲花不着水，亦如日月不住空”的意境。

第一段，“大暑天／想起冬瓜炖汤／用四季清凉／灭当下的酷暑／夏日炎炎／烧开了冰凉的水／烧糊了千年的酒”，从生活禅开篇，大暑天的冬瓜炖汤，由汤及酒，真正的修行，是红尘炼心，在日常生活里，更在社会中。

第二段“烧酒／100度／遇火即燃／融化了风雨的旅途／拷问着坎坷的人生／燃烧着／一汪冰池／冰清玉洁一壶春／冷暖人间九重天”，借100度烧酒遇火即燃，比喻人生坎坷路无数，要用冰清玉洁融化风雨人生。这是炼丹即炼心修行的境界，如《大学》中所言："知止而后有定，定而后能静，静而后能安，安而后能虑，虑而后能得。"

第三段，"清远峡／炼丹道场／渡四方贤士／成千秋文章／韩愈禹锡苏东坡／行至飞来诗成河／看看他们的路／唯有坎坷／坎坷得很有诗韵／飞来一筹莫展／飞去漫卷诗篇／一川飞霞／满江觉悟／千年风云生两岸／十九福地炼一炉"，清远飞来峡山，道教第十九福地，难怪是炼丹道场。昔日唐代诗人韩愈、刘禹锡及宋代文豪苏东坡被贬岭南，来到飞来峡，感受到山清水秀，诗如泉涌。他们尽管经历坎坷人生，却活得诗情画意、豁达洒脱，写下赞颂岭南的佳作名句，达到悟透人生的境界。

第四段，"迎风驱炎凉／尝胆炼丹心／沧桑路／各自感悟／悟空境／归于正道／人生本是西游记／悟得真经话今昔"，穿越时空，从古代文豪的悟境到诗人自己的感悟，笑看风云，修炼好自己的心，一切都会境随心转、情随事迁。人生历经沧桑，"悟空"的境界是一种高境界。诗人感叹人生就像西游记，在耳顺之年终于悟出人生的真谛，犹如悟得真经，表达诗人超然脱俗、心无旁骛的人生态度。

村头的伯公树

65

【题记】在千年伯公树面前，我选择静默。

村头那棵大树
荫了大半个村子
它很老很老
谁也说不出它有多少岁
后生们仰头看着
外婆叽咕道
伯公树
比你们阿公的阿公还老

伯公树下
是长者讲古的地方
千百年来
树上树下有许多传说
人的故事
鬼的故事
人鬼情未了的故事
代代口口相传
跑了调的
一样玄之又玄
被村民津津乐道

村头伯公树
游子归乡方位物
树下山民坛
村外之事无相关
有道是
头顶三尺有神灵
树证千年是伯公

（2018/7/26）

【赏析】

岁月悠悠，在千年伯公树面前，诗人选择静默，因为村头的伯公树像一位富有内涵的长者，让归乡的游子找到方向，找回自己的初心。全诗通俗易懂，带有广府方言的味道，通过描写村头的伯公树，表达乡恋之情和诗人耳顺之年宁静淡然的心境，如陶渊明“采菊东篱下，悠然见南山”般恬静超然的心态，诗人悟出了自然界和人生的真谛。

第一段，“村头那棵大树／荫了大半个村子／它很老很老／谁也说不出它有多少岁／后生们仰头看着／外婆叽咕道／伯公树／比你们阿公的阿公还老”，运用白描手法，表明这棵大树不是普通的大树，历史悠久，地位显赫，称为伯公树是因为“比你们阿公的阿公还老”。

第二段，“伯公树下／是长者讲古的地方／千百年来／树上树下有许多传说／人的故事／鬼的故事／人鬼情未了的故事／代代口口相传／跑了调的／一样玄之又玄／被村民津津乐道”，伯公树吸引人的地方，因为树下是长者讲古的地方。伯公树好比一位见证历史沧桑的老人，静静的听着看着村里的故事，树下又是村民悠哉的好去处。

第三段，“村头伯公树／游子归乡方位物／树下山民坛／村外之事无相关／有道是／头顶三尺有神灵／树证千年是伯公”，村头的伯公树，永远刻在游子的心中，成为一种精神力量。对伯公树的敬意、敬畏，是初心的回归。伯公树，伴随着一代代人的成长，诗人落叶归根，感受到大自然的平静与完美，完全融化在大自然中，生命的那一刻达到完美的境界。

我在北江上，一默

66

【题记】一默，一岛，一天地。

每次漂过这里
船停不下来
不知是风高浪急
还是夜里行船
看不到岸上的火把

今夜清远峡
星光熠熠
苏东坡的码头上
人间清欢
神仙下凡
清江花月夜
花似锦
月照千山
诗声琅琅
地转江心成一默
天生一个凝碧湾

驻足锁两岸
撑篙定芦苇
听那江心岛的声音

煮酒问剑
小市回归唐朝埠
岁月静好
清江咏流韩愈诗
江中一默
几多柔情几多歌
……

清江夜
一叶小舟
仰望浩瀚天宇
陶醉唐宋遗风
昨日家国
今宵故乡
来一碗飞霞甘露
醉它一江春色
又何妨

呵呵
此景只许清江有
何须他求
一默风雅颂
两岸诗酒歌

（2018/8/1）

【赏析】

这首诗以“我在北江上，一默”为题，“一默，一岛，一天地”，道出诗人有感于“旁观”“一默”朗诵会，作一默观想，构思独特。“一默”是清远江心岛一个书屋，八一朗诵分享会在那里举行，分享会上朗诵了清风诗人写的《军人的遗书》《那一碗壮行酒》《致战友》《光荣》《口哨吹开的春天》《故乡漂来的青苔》《煮酒问剑》七首诗。全诗运用夸张的手法，联想丰富，时空交错，唐宋遗风，让读者如穿越时空回到过去，表达一场文化盛宴惹人心灵共鸣。诗句没有直接写八一诗歌朗诵分享会，通过隐喻及讲故事的表达方式，表达一种文化自信，言有尽而意无穷，诗中有画、画中有诗。

第一段，“每次漂过这里／船停不下来／不知是风高浪急／还是夜里行船／看不到岸上的火把”，通过环境的烘托描写，给读者悬念，为下一段作铺垫，引出下句“今夜清远峡／星光熠熠”，与平时不一样的风景。

第二段，“今夜清远峡／星光熠熠／苏东坡的码头上／人间清欢／神仙下凡／清江花月夜／花似锦／月照千山／诗声琅琅／地转江心成一默／天生一个凝碧湾”，诗人没有直接描写今夜声情并茂的诗歌朗诵分享会这一文化盛宴，而是勾勒了一幅今夜清远峡诗画场景。联想到曾被贬此地的宋代文豪苏东坡，写下“天开清远峡，地转凝碧湾”“人间有味是清欢”的佳句。清江、花儿、月亮、夜色、千山、诗声，在凝碧湾此处佳地让人陶醉。

第三段，“驻足锁两岸／撑篙定芦苇／听那江心岛的声音”，情不自禁驻足欣赏江心岛的诗歌朗诵分享会，表现朗诵会惹人共鸣，受人欢迎。

第四段，“煮酒问剑／小市回归唐朝埠／岁月静好／清江咏流韩愈诗／江中一默／几多柔情几多歌／……”，诗人从自己写的诗《煮酒问剑》，联想到唐代诗人韩愈虽然被贬岭南，却豁达潇洒，写诗为乐，写下赞誉岭南“吾州之山水名天下”的佳句。表达此处人杰地灵，富含文化底蕴。

第五段，“清江夜／一叶小舟／仰望浩瀚天宇／陶醉唐宋遗风／昨日家国／今宵故乡／来一碗飞霞甘露／醉它一江春色／又何妨”，穿越时空，从一叶小舟到浩瀚天宇，从今夜清江到唐宋遗风，从昨日家国情怀到今宵故乡风情，诗人挥毫作诗、酣畅淋漓的愉悦心情跃然于诗。

第六段，“呵呵”，表达诗人内心的惬意心情。“此景只许清江有／何须他求／一默风雅颂／两岸诗酒歌”。今夜清江的诗歌朗诵分享会，文化底蕴深厚，是一场文化盛宴，彰显中国文化自信的魅力。尤其以“一默风雅颂，两岸诗酒歌”一句为妙，画龙点睛，写尽诗会风雅。

昨夜，我撑走了江心岛

67

【题记】

昨夜撑走一叶小岛，

今日落下满江诗雨。

那个夏日夜晚
风过清江
不经意落下两句诗
——
一默风雅颂
两岸诗酒歌
便与那江心岛结了缘

昨夜
城里月光朦胧
渔村鸡犬酣眠
我拿起船桨
撑走了这叶江中小岛
顺流而下
不管它漂向何方

淌过洲心
风生水起
小岛随风荡漾
顷刻间
千江生明月
十里泛诗行
行吟百里画廊
北江的夜
平添了几分念想

晨起
大雾锁江
水墨故乡
行至江边不见岛
清风借来渡诗中

（2018/8/5）

【赏析】

这首诗以“昨夜，我撑走了江心岛”为题，一个“撑”字令人遐想无限，题记“昨夜撑走一叶小岛，今日落下满江诗雨”，从昨夜到今日，跨越时空，表明曾经诗会萦绕的江心岛富有文化底蕴，给人诗的灵感与精神力量。全诗联想丰富，虚则实之，实则虚之，运用拟人、夸张的手法，如故事般娓娓道来，引人入胜。“不著一字，尽得风雅”，全诗没有提及诗歌朗诵分享会，却处处让人感受到诗会的魅力所在。“诗中有画、画中有诗”，故乡美如诗画，诗会虽然已经结束，但满江诗雨依然萦绕心头，诗人承载诗意之舟，夜里与故乡山水的对话，也是心灵的对话，是诗心源泉。全诗佳句频频，“一默风雅颂／两岸诗酒歌”，对仗工整，洋溢着雅意文风。“千江生明月／十里泛诗行”，充满时空意蕴。“撑走了这叶江中小岛”，“撑”字让人想起那句“小娃撑小艇”，很有动感。一个想把小岛撑走的诗人，是怎么个意象与情怀，外人不尽明了。但是，透过字里行间，可以看到一个充满诗意的“清江花月夜”。

第一段，“那个夏日夜晚／风过清江／不经意落下两句诗／——／一默风雅颂／两岸诗酒歌／便与那江心岛结了缘”，回忆那个夏夜的诗歌朗诵分享会，看似轻描淡写，实质上给人留下深刻的印象。“风过清江／不经意落下两句诗”，“过”、“落”，两个动词看似简单实际上四两拨千斤的意义，说明诗会的吸引力。“一默风雅颂／两岸诗酒歌／便与那江心岛结了缘”，一默乃一屋，一屋诗歌朗诵分享会，余音绕梁，江心岛诗韵风雅，魅力无限。

第二段，“昨夜／城里月光朦胧／渔村鸡犬酣眠／我拿起船桨／撑走了这叶江中小岛／顺流而下／不管它漂向何方”，运用如电影蒙太奇般的手法，构建一幅月光朦胧、鸡犬酣眠的恬静美景。诗人撑起的是象征诗意之舟的江心岛，表达一种以诗为乐、悠然自在的心境。

第三段，“淌过洲心／风生水起／小岛随风荡漾／顷刻间／千江生明月／十里泛诗行／行吟百里画廊／北江的夜／平添了几分念想”，联想丰富，虚实结合，运用拟人夸张的手法，刻画一种诗情画意的意境美，诗与山水明月交融，令北江的夜如诗如画。

第四段，“晨起／大雾锁江／水墨故乡／行至江边不见岛／清风借来渡诗中”，时空的跳跃，从昨夜到今晨，虽然大雾锁江，但在诗人眼中却如水墨山水。江心岛仿似不见了踪影，原来是清风诗人借来渡诗。一个“渡”字升华了诗的境界，岛作舟，诗渡人，人与山水对话，山水充满诗意，化山水为诗，化诗为山水，正是清风诗“五维五悟十致”的境界。

星星索

68

【题记】 每个事物、每个人，都有自己美丽的轨迹。

星星
划破夜空
沿着她的轨迹
编织着千百年的梦
生成一张网
搜索失散的自己
多少年前行
多少次回眸
多少回翻江倒海
永不停息

星星索
向着太阳
转动自己的思想
留下一路心迹
哪怕一闪念
也是菩提花开
智慧的顿悟与绽放
不要问我
明天将飞向哪里
在宇宙的尽头
有一抹
淡淡的晨曦

斗转星移
无边无际
惟有心中永恒
不离不弃
我仰望浩瀚星空
找不到自己

因为自己已融入
茫茫苍穹里

（2018/8/11）

【赏析】

这首诗以“星星索”为题，这是诗人看到生活中一个西餐盘子联想到星空、空灵、轨迹。在诗人心中，星星与心灵相通，天上的星星，有自己的轨迹，每个事物、每个人也一样，都有自己美丽的轨迹。全诗联想丰富，有时空意境，从星星寻找梦想、菩提顿悟、融入苍穹三个方面娓娓道来，表达生活禅的智慧，由平凡生活引起对禅意的思考，如六祖大师所言“禅悟不离生活”。表现一种空灵的意境和天人合一的境界，眼观世界由繁到简、看山还是山，本身就是顿悟，是人生境界的升华，表达诗人飘然出世，身在世外的境界。

第一段，“星星／划破夜空／沿着她的轨迹／编织着千百年的梦／生成一张网／搜索失散的自己／多少年前行／多少次回眸／多少回翻江倒海／永不停息”，人生就像星星沿着自身的轨迹进行，编织梦想。人生的旅途，有一帆风顺的前行，也有翻江倒海的历练，但无论如何，也要像星星之旅那样永不停息。

第二段，“星星索／向着太阳／转动自己的思想／留下一路心迹／哪怕一闪念／也是菩提花开／智慧的顿悟与绽放／不要问我／明天将飞向哪里／在宇宙的尽头／有一抹／淡淡的晨曦”，星星有目标、有思想，留下一路心迹。人的闪念与顿悟，也在一瞬间。在宇宙的尽头，总会找到属于自己的梦想。表达人的思想总是灵活而不可捉摸，空静而带有灵活的气息。

第三段，“斗转星移／无边无际／唯有心中永恒／不离不弃／我仰望浩瀚星空／找不到自己／因为自己已融入／茫茫苍穹里”，无论外界环境如何变化，心中的梦想总是永恒不变。找不到自己，是因为天人合一，达到转自己归山河大地的境界。这是生活禅的顿悟，以壮阔幽深的空间，呈现一种超然豁达的宇宙意识和深入灵魂的生命情怀。

风，从指间飘过

69

【题记】风，无处不在、无处可见的诗。

此刻的城里
静静的
似乎
这城市小了许多
楼下
那狭长的马路
车流过
没有喇叭
未闻马达轰鸣声

在喧嚣绝尘的夜晚
半空月夜三杯酒
一片静地几行诗
指尖落下
键盘没有回响
只听见晚风阵阵
飘过指间
绕过五指峰
落下荷塘
竹韵娑娑撩秋月
荷风徐徐弄清影

影非影
风非风
来无影去无踪
掠过眼前
闪过一路风景
飘过指间
又回如来掌心

（2018/8/13）

【赏析】

风，既指大自然的清风，也寓意清风诗人。风，从指间飘过，清风无处不在，诗心处处荡漾。全诗禅意绵绵，从静、空、悟三方面描写，静如禅，动生诗，悟成理；静是心境，动是灵感，悟是境界。飘过指间，又回如来掌心，表达一种万变不离其宗的思想。一切景语皆情语，静深不动，沙土自尘，人类何其渺小，表达万物有理、大道至简的道理。诗人笔下的静、空，非静非空，其中有着诗意盎然的空间。表达诗人如静水流深的人生态度，洞察一切却不被矛盾束缚、不被欲望羁绊的哲理。人生如诗，诗如人生，拥有和谐的生命，拥有长久的快乐，拥有真正的自由。

第一段，“此刻的城里／静静的／似乎／这城市小了许多／楼下／那狭长的马路／车流过／没有喇叭／未闻马达轰鸣声”，描绘了一幅“静”的画卷。夜深人静，一切静悄悄，城市安静下来，喇叭停下来，马达轰鸣声偃旗息鼓。夜里的安静，带来心灵的宁静，清净天下正，唯有静才可以见天道。

第二段，“在喧嚣绝尘的夜晚／半空月夜三杯酒／一片静地几行诗／指尖落下／键盘没有回响／只听见晚风阵阵／飘过指间／绕过五指峰／落下荷塘／竹韵娑娑撩秋月／荷风徐徐弄清影”，描绘一种“空”的感觉。在万籁俱寂的夜晚，酒与诗，晚风阵阵，诗人的思绪由五指峰到荷塘秋月，心潮起伏，空间诗意盎然。心性空灵，诗意生起，静空融合，如影如风。

第三段，“影非影／风非风／来无影去无踪／掠过眼前／闪过一路风景／飘过指间／又回如来掌心”，表达一种悟的境界。“影非影／风非风”。这些充分体现了清风诗“清不见底，风不见影”的风格。这里的诗境，看山还是山，看水还是水，世事无常，如西游记中如来神掌，万变不离其宗。宇宙间的任何事物，有其事必有其理，有这样一件事，就一定有它的原理。宇宙间无论如何奥妙的事物，当我们拥有足够的智慧，了解它以后，就变成为平凡，平凡且非常简单。修好自己的心，静心空境看世界，一切都那么境随心转，那么惬意与悠然。

水月空明

70

【题记】七夕，栖兮。

七夕
是仰望的日子
熠熠星空
平日无人问津
唯有今天
倾听那天地人间的
浪漫
一朝凝视断桥处
半生梦求喜鹊来

鹊桥相会
忙坏了一群鸟儿
天河太宽
宽得人们有心无力
一年一度
花好月圆
来一次称心如意
圆有情人一个梦想
等到天明
鹊儿们又要下凡
水月空明
天地如常

呵呵
盈盈一水间
仙渡七夕莲
与其
水月空了
纤云弄巧
不如

荷下说风月
水中听雨花

（2018/8/17）

【赏析】

这首诗以“水月空明”为题，在七夕节这天让人倍感温馨。水月有情，空明心性，表达一种致真致诚的美。七夕，栖兮，心的栖息。全诗从七夕佳期、鹊桥相会、人间风月三个方面道来，让人回忆起牛郎织女鹊桥相会的美好爱情故事，又感受到一种洞彻而灵明的心性。诗句中现代诗镶嵌古体诗，别有一番韵味。爱情祝福与禅意生活相伴，让人感到明心见性，妙不可言。

第一段，“七夕／是仰望的日子／熠熠星空／平日无人问津／唯有今天／倾听那天地人间的／浪漫／一朝凝视断桥处／半生梦求喜鹊来”，七夕佳期，让人想起一年一度鹊桥相会的牛郎织女，那美好的爱情故事，寄托着人们对真爱的向往与憧憬。

第二段，“鹊桥相会／忙坏了一群鸟儿／天河太宽／宽得人们有心无力／一年一度／花好月圆／来一次称心如意／圆有情人一个梦想／等到天明／鹊儿们又要下凡／水月空明／天地如常”，鹊桥相会，多么幸福的时刻，有情人终成眷属，象征如意称心的美满婚姻。追求美好爱情的强烈愿望，加上一份洞彻灵明的心性，让人感到天地如常，质朴真实的情感跃然于诗。

第三段，“呵呵／盈盈一水间／仙渡七夕莲／与其／水月空了／纤云弄巧／不如／荷下说风月／水中听雨花”，表达一种水月空禅的心境，明心见性，逍遥随缘，让人遐想无限，回味无穷。

秋雨来了

71

【题记】声声秋雨，滴滴入怀。

没打算等它来
沉浸在夏日
乐此不疲
昨夜
它悄悄地来了
半梦半醒
草棚下
滴滴答答

清晨
推开窗子
一阵秋雨的味道
有点草香
还有点果味
树上几片黄叶
在晨风里摇曳着
不是秋枫
也近秋色

想起前夜
老师们那首歌——
每一个遇见
总是恰逢其时
故乡初秋
一样与不一样的
感受
一夜秋雨一夜寒
清江又见白鹭还

（2018/8/28）

【赏析】

这首诗以“秋雨来了”为题，用淡然的笔触，描绘昨夜的秋雨、清晨的秋雨、故乡与秋雨，表达诗人超然洒脱、随遇而安的情怀，拥有一颗宁静的心灵，静眼观世界。全诗描写与抒情结合，进入联想空间，虚中有实，具有清风诗“五维五悟十致”的境界，“五维”的广度、“五悟”的魂、“十致”的致静致远。

第一段，“没打算等它来／沉浸在夏日／乐此不疲／昨夜／它悄悄地来了／半梦半醒／草棚下滴滴答答”，描述昨夜的秋雨。世事无常，没有打算来的，偏偏又来了。本来沉浸在欢乐的夏日，秋雨悄悄来临，让人半梦半醒，唯独草棚下滴滴答答的雨声，最悦耳动听。表达诗人随遇而安，一种既来之则安之的情感。

第二段，“清晨／推开窗子／一阵秋雨的味道／有点草香／还有点果味／树上几片黄叶／在晨风里摇曳着／不是秋枫／也近秋色”，用通感的手法描绘清晨秋雨的味道。有点草香，有点果味，晨风中摇曳的黄叶，让人感觉到秋意的来临。时光匆匆，不经意间，秋天的脚步近了。

第三段，“想起前夜／老师们那首歌——／每一个遇见／总是恰逢其时／故乡初秋／一样与不一样的／感受／一夜秋雨一夜寒／清江又见白鹭还”，故乡与秋雨，如那首令人难忘的歌词“每一个遇见／总是恰逢其时”。故乡是诗人诗心的源泉，初秋让诗人想起了故乡的清江。“一夜秋雨一夜寒／清江又见白鹭还”，表达诗人对故乡的眷恋，秋雨尽管带来寒意，却让人感觉恰逢其时。一种随遇而安、淡泊宁静的心境跃然纸上。

心的绿岛

72

【题记】划一绿舟，徜徉心海。

在那一片红海
有一个绿岛
自在地
飘荡在无垠的赤澄中
点缀着茫茫海洋
给自己的生命
做一个绿色的标签
为其他星球
导航

这是一片绿叶
沐浴着日月星辰
仰望星空
尽享诗情画意
哪怕与流星擦肩
也是五百年修的缘
心海飘绿叶
天地已是空

这是一叶绿舟
在生命的海洋里
风雨前行
承载着童年的梦
那梦里
有家国有春秋
有诗有远方
行至远方天尽头
归来依然是故乡

（2018/8/19）

【赏析】

诗人从一块珍贵的珊瑚引起的联想。绿岛，代表着初心与目标；绿叶，代表着诗心与悟性；绿舟，代表着奋斗与梦想。划一绿舟，徜徉心海，只要不懈努力，为梦想奋斗，就无怨无悔，问心无愧。全诗联想丰富，虚则实之，实则虚之，从绿岛，到绿叶，再到绿舟，富有时空意蕴。“不用禅语，时得禅理”，有清风诗“五维五悟十致”的境界，“五维”的深度、“五悟”的空、“十致”的致理致明。

第一段，“在那一片红海／有一个绿岛／自在地／飘荡在无垠的赤澄中／点缀着茫茫海洋／给自己的生命／做一个绿色的标签／为其他星球／导航”，绿岛，代表着初心与目标。纵使在红海中漂荡，也是生命中一个绿色的标签，如茫茫大海中的指南针，为自己、为别人指明方向，也是初心所系，人性所在。

第二段，“这是一片绿叶／沐浴着日月星辰／仰望星空／尽享诗情画意／哪怕与流星擦肩／也是五百年修的缘／心海飘绿叶／天地已是空”，绿叶，代表着诗心与悟性。透过星空，享受诗情画意的世界。清风诗“五悟”境界：景、情、心、魂、空。诗路深远，如生活禅一样，让人在生活中悟出诗意、悟出禅意。“空”乃最高境界，四大皆空，返璞归真，一切皆是缘。

第三段，“这是一叶绿舟／在生命的海洋里／风雨前行／承载着童年的梦／那梦里／有家国有春秋／有诗有远方／行至远方天尽头／归来依然是故乡”，诗人自强不息、奋勇前进，人生即使有风风雨雨，只要路过就无怨无悔。童年梦想、家国情怀、故乡初心，唤起了诗与远方的美好向往。诗人在耳顺之年返乡，始终最爱是吾乡。

菩提树

73

【题记】

菩提有树，落叶无影。

菩提树下
不知道有多少人成佛
成佛的那些众生
不知道是什么模样
像莲花
还是像正果
抑或一如菩提

正午
翻开一本诗集
打开一个诗人的岁月
一片叶子飘落下来
落得好优雅
好宁静
哦
菩提叶子
如蝴蝶蜻蜓
缓缓飞来
那殷红
那神秘的脑纹
寂静的山野
都在听那飘叶的声音

诗集一页页开着
叶子一片片地飘落
落下诗的灵魂
落下曾经的心迹
一叶一菩提
一叶一诗意
相信菩提本有树

叶子落下
空了

呵呵
菩提无树叶有影
心若明镜雨亦晴

（2018/7/24）

【赏析】

这首诗以“菩提树”为题，禅意绵绵，从菩提树下成佛众生、诗集与菩提叶子、菩提悟空的意境、诗人的顿悟四个方面描写，写出了菩提树与菩提叶以及诗之间的美妙联系。菩提有树，落叶无影，表达诗人在耳顺之年的感悟，人生就是西游记，其实无东也无西，无来也无去，只有当下，悟透自己，便是极乐世界。一树一世界，一叶一菩提，菩提树是圣树，富有禅意，心有菩提，繁花自开。体现禅者活在当下，享受生活，感悟人生的超然脱俗境界。全诗联想丰富，颇有空间感，意蕴深远。

第一段，“菩提树下 / 不知道有多少人成佛 / 成佛的那些众生 / 不知道是什么模样 / 像莲花 / 还是像正果 / 抑或一如菩提”，描写菩提树这棵圣树，树下成佛的众生，各具风格，但都有属于心灵的宁静。

第二段，“正午 / 翻开一本诗集 / 打开一个诗人的岁月 / 一片叶子飘落下来 / 落得好优雅 / 好宁静 / 哦 / 菩提叶子 / 如蝴蝶蜻蜓 / 缓缓飞来 / 那殷红 / 那神秘的脑纹 / 寂静的山野 / 都在听那飘叶的声音”，时空从菩提树到诗与菩提叶子，只有心灵的宁静，才能感受诗人如诗的岁月，感受菩提叶子的内涵。此处运用比喻和拟人手法勾勒菩提叶子，给人美的享受。

第三段，“诗集一页页开着／叶子一片片地飘落／落下诗的灵魂／落下曾经的心迹／一叶一菩提／一叶一诗意／相信菩提本有树／叶子落下／空了”，诗中有画，诗集的每一页，犹如一片菩提叶子，抒写着灵魂与内心的声音。菩提叶落下，一切都变得宁静，“色即是空，空即是色”，不二选择是最好的选择。落叶在空中翩翩起舞，就好像在用生命诠释着属于他的命运已经结束。即使空了，也是最美丽的风景。品尽人生百味，悟空一切，才能够真正的处于淡然。

第四段，“呵呵”，表达诗人超然物外的心态。“菩提无树叶有影／心若明镜雨亦晴”，表达禅宗的大悟境界，诗人的顿悟，一种淡泊从容的心态，心好一切皆安好，具有“心无旁骛似明镜，无风何处起涟漪”的意境。如能活在当下，感悟生活，悟透自己，便是人生的极乐世界。

我在江边等你

74

【题记】

等，在清江烟雨中。

江边
一动不动
烟雨朦胧
一站就是千年
千百年
潮起潮落
看江上芦苇竞渡
韩愈来了
又来了刘禹锡
一千年又一千年
天下无净土
江上有清风

我在江边等你
等那监察御史的来临
恭迎朝廷的命书
恭听唐诗的神韵
仰望大唐的巍峨
回眸中华千年的梦想
梦醒时分
清风匝地凉
桃源是故乡

清江汤汤
一脉同源秦汉
南岭悠悠
千里莫非情缘
江岸的驿站
山顶的峰台
叹古今清新致远

天开清远峡
地转凝碧湾
苏东坡一句绝尘

我在江边等你
你来与不来
我依然在这里
呵呵
管他清江东逝水
蓑翁诗酒田园中

（2018/8/31）

【赏析】

这首诗以“我在江边等你”为题，充满朦胧美。诗人的故乡清江，富含文化底蕴，唐代诗人韩愈、刘禹锡，宋代文豪苏东坡，曾经被贬岭南，经过此地，留下千古佳句。诗人在耳顺之年解甲归乡，在清江烟雨中等待那份诗意。故乡是诗人诗心的源泉，全诗联想丰富，实中有虚，虚实结合，动静结合，历史与现实融合在一起，具有空间感，借景抒情。体现清风诗“五维五悟十致”的境界，“五维”的深度，“五悟”的“空”，“十致”的致善致美。诗人宁静看故里，清江唐宋的文化底蕴、诗人的感悟贯穿全诗，表达淡泊宁静的心境及对古人的赞誉。

第一段，“江边／一动不动／烟雨朦胧／一站就是千年／千百年／潮起潮落／看江上芦苇竞渡／韩愈来了／又来了刘禹锡／一千年又一千年／天下无净土／江上有清风”，诗句动静结合，江边不动，但历史一直变幻莫测。唐代韩愈与刘禹锡曾被贬谪至此。芦苇竞渡，达摩祖师一苇渡江，世事无常，净土难觅，不变的唯有江上清风与山间明月。清风，既寓意一缕清风，也寓意诗人自己不变的诗心，寻觅心中的桃花源。

第二段，“我在江边等你／等那监察御史的来临／恭迎朝廷的命书／恭听唐诗的神韵／仰望大唐的巍峨／回眸中华千年的梦想／梦醒时分／清风匝地凉／桃源是故乡”，诗句把读者带到唐代的时空，韩愈、刘禹锡均曾任监察御史，被贬岭南，却造福一方百姓，并且留下千古名句，饱含文化气息。今天的中国梦，仿如当年大唐盛世。故乡的山山水水，都是诗人心中的桃源。

第三段，“清江汤汤／一脉同源秦汉／南岭悠悠／千里莫非情缘／江岸的驿站／山顶的峰台／叹古今清新致远／天开清远峡／地转凝碧湾／苏东坡一句绝尘”，清江、南岭，自古以来同源秦汉，这里风景秀美，难怪被贬谪至此的苏东坡写下传颂千古的佳句“天开清远峡，地转凝碧湾／”。无论韩愈、刘禹锡还是苏东坡，都有着豁达乐观的情怀。

第四段，“我在江边等你／你来与不来／我依然在这里／呵呵／管他清江东逝水／蓑翁诗酒田园中”，表达人生感悟，充满淡然的旋律。诗人冷眼旁观，用宁静平和的心态面对人生，表达如陶渊明一样悠然自得、乐在其中的心境。岁月静好，诗人自比蓑翁，喜欢诗酒田园风光，淡泊超然的心境，犹如那清江一样清澈明净。

清江花月夜

75

【题记】有清江明月，诗酒田园，何求？

今年的秋月
别样澄澈
天宇间一个往复
这里的月亮
放下许多风尘
还昨年金秋的明静
月下
灯火闪烁
几多团圆秋歌
悠悠月色
无问清江东流去
只为老大归乡来

故乡清江
原本只是个方位
自东坡南来
赏岭南奇观
一语定了乾坤——
天开清远峡
地转凝碧湾
从此
江上绕清风
山间生明月
此地处处皆福地

清江边
桃花朵朵
禾雀花开
明月下
一墨如霜

两岸秋风
那些年
清江花月夜
醉了思乡的韩愈
那些秋
如画的连州山水
让诗豪刘禹锡
忘却长安鼓楼月色

走遍千山万水
唯清江风月无边

江面上
清风徐徐
故乡岁月静好
山乡里
月色宁静
一片诗酒田园
呵呵
故乡归来不看月
清江北望尽秋风

（2018/9/21）

【赏析】

有清江明月，诗酒田园，人生足矣，这是诗人耳顺之年的人生境界，表达诗人对故乡清江的热爱和旷达的心胸。全诗从今年秋月、故乡清江、清江风光、清江感悟四个方面娓娓道来，“不著一字、尽得风雅”，“诗中有画、画中有诗”，表达耳顺之年诗人看淡、看透、悟透人生，喜欢过如陶渊明那样“采菊东篱下，悠然见南山”的生活，表达一种豁达超然的胸怀，表现归来故乡安好的情怀。

第一段，“今年的秋月／别样澄澈／天宇间一个往复／这里的月亮／放下许多风尘／还昨年金秋的明静／月下／灯火闪烁／几多团圆秋歌／悠悠月色／无问清江东流去／只为老大归乡来”，从今年秋月引起感悟，放下风尘，金秋明静，团圆秋歌，充满淡然的旋律。人生如清江东流去，如今老大归乡，一切皆空无。

第二段，“故乡清江／原本只是个方位／自东坡南来／赏岭南奇观／一语定了乾坤——／天开清远峡／地转凝碧湾／从此／江上绕清风／山间生明月／此地处处皆福地”，故乡清江，文化底蕴浓郁。宋代文豪苏东坡被贬岭南，写下“天开清远峡，地转凝碧湾”的诗句，流传千古。江上的清风有声，山间的明月有色，江山无穷，风月长存，天地无私，表达徘徊其间而自得其乐的意境。

第三段，“清江边／桃花朵朵／禾雀花开／明月下／一墨如霜／两岸秋风／那些年／清江花月夜／醉了思乡的韩愈／那些秋／如画的连州山水／让诗豪刘禹锡／忘却长安鼓楼月色”，清江风光，迷人至极。清江、桃花、禾雀花、明月、秋风，勾勒出一幅清江花月夜的美景。难怪当年被贬此地的韩愈写下“吾州之山水名天下”的名句，被贬至此的诗豪刘禹锡赞叹“剡溪若问连州事，惟有青山画不如”。

第四段，“走遍千山万水／唯清江风月无边／江面上／清风徐徐／故乡岁月静好／山乡里／月色宁静／一片诗酒田园／呵呵／故乡归来不看月／清江北望尽秋风”，清江感悟，走遍天下此心安处是吾乡，唯故乡清江最在我心。诗人耳顺之年感叹岁月静好，心灵恬淡。诗眼“故乡归来不看月／清江北望尽秋风”，表达诗人超然脱俗的情怀和对故乡的热爱。如王阳明诗云：“山中莫道无供给，明月清风不用钱”，清江花月夜，观赏清江，品味花香，诗酒田园，享受清风明月这大自然的馈赠，达到天人合一的境界，不辜负大自然的慷慨和仁慈，感受故乡的美好与温暖。

读我的清远

76

【题记】回到故乡，低语，低调。

这辈子
算读了一点书吧
读山读水
读名诗名句
读那风风雨雨
读春秋往事

今天回来
感觉
读了大半辈子
唯有没读懂我的故乡
故乡的云
故乡的秋月
故乡的亲情友情
故乡的草香

清江边
挂着十六的圆月
望月
找不到月里的榕树
我感到羞愧
听月
今夜不能宁静
心中有说不出的忐忑
……

（2018/9/25）

【赏析】

诗人少小离家，耳顺之年低语、低调回到故乡清远，感叹故乡的宁静与深沉，其余都是浮华。全诗从读书之路、感叹故乡、内心忐忑娓娓道来，表达一种“不畏浮云遮望眼”、“风物长宜放眼量”的感慨。诗人在嘈杂纷乱的尘世里趔趄独行，寻找心灵中那方净土，唯有回到故乡清远，能够将俗世的欲望、喧嚣浮华抛尽，人生风雨，风清月明，独守一怀淡泊在空灵。

第一段，“这辈子／算读了一点书吧／读山读水／读名诗名句／读那风风雨雨／读春秋往事”，诗人耳顺之年回顾自己的人生历程，以读书为乐。在读书中感悟人生，在风雨中读懂人生。

第二段，“今天回来／感觉／读了大半辈子／唯有没读懂我的故乡／故乡的云／故乡的秋月／故乡的亲情友情／故乡的草香”，诗人耳顺之年回到故里，感叹“读了大半辈子／唯有没读懂我的故乡”。故乡的一切，云、秋月、亲情、友情、香草，都是诗人诗心的源泉。

第三段，“清江边／挂着十六的圆月／望月／找不到月里的榕树／我感到羞愧／听月／今夜不能宁静／心中有说不出的忐忑／……”，诗人在故乡清江边，感慨万分，十五的月亮十六圆，故乡的宁静，让人洗尽铅华，感叹繁华落尽是平淡。心中有说不出的忐忑，是诗人感叹故乡仍然有贫穷落后的地方。唯有追寻长久的精神底蕴，才有丰盈的内心世界。

那一片紫竹林

(77)

【题记】

竹影荷风，似乎在见与不见之间。

传说
故乡有片紫竹
今晨乘秋风进山
风过清江
飘过山凹
远处传来竹海声
浪涛卷凝碧
妙音又飞来

山中重峦叠嶂
红叶点点
顿感秋凉
寻竹海而去
不见竹影
只闻鸟语花香
参天的古榕
茸茸青苔
模糊了时空
阵阵兰香扑鼻
环顾四野
没有兰花踪影

碧空飞鹤
紫气东来
牧童骑牛渡河
河面留下行行秋诗
激起阵阵涟漪
漂向远方
呵呵
无竹只因空对月
闻兰已觉紫林风

（2018/10/3）

【赏析】

这首诗以“那一片紫竹林”为题，竹影荷风，在见与不见之间，充满意境，富含时空意蕴，具有清风诗“五维五悟十致”的境界。诗人在耳顺之年，内心一片宁静，禅在心中，悟自心生。全诗运用通感、拟人、夸张的手法，诗中有画、画中有诗，人本就来自于大自然，诗人联想丰富，虚构紫竹林这一意象。在大自然的紫竹林中感受自已的本性，全诗具有天人合一的境界。庄子说：“天地有大美而不言。”聆听竹海涛声，感受自然界的空灵，让心灵的尘垢在大自然那一片紫竹林的吟唱中荡涤，身心清朗，表达境由心生、情随境迁的禅宗境界。诗人淡然平静的心态涵养性情，旷达胸臆，令人佩服。

第一段，“传说／故乡有片紫竹／今晨乘秋风进山／风过清江／飘过山凹／远处传来竹海声／浪涛卷凝碧／妙音又飞来”，以传说开篇，故乡紫竹林，充满诗意，秋风、清江，勾勒一幅秋天大自然的风景。用通感的手法，竹海、浪涛、妙音，表现紫竹林的广大，让人心境平和豁达。虽然未见紫竹林，但却仿似听到竹林声。

第二段，“山中重峦叠嶂／红叶点点／顿感秋凉／寻竹海而去／不见竹影／只闻鸟语花香／参天的古榕／茸茸青苔／模糊了时空／阵阵兰香扑鼻／环顾四野／没有兰花踪影”，诗中有画，描绘了大山、红叶、古榕、青苔……大自然的美好尽在眼前。虽然不见竹影，却闻得鸟语花香；虽然未见兰花踪影，却闻到兰香扑鼻。表达禅宗境由心生、情随境迁的情怀。

第三段，“碧空飞鹤／紫气东来／牧童骑牛渡河／河面留下行行秋诗／激起阵阵涟漪／漂向远方／呵呵／无竹只因空对月／闻兰已觉紫林风”，描摹一幅紫气东来、气象万千、天人合一的画卷。碧空飞鹤、骑牛牧童、阵阵涟漪，洋溢着诗情画意。诗眼“无竹只因空对月／闻兰已觉紫林风”，表达诗人大悟的境界，有即是无、无即是有，空空如也，一切皆在于心。

又问丹霞

78

【题记】

炼丹，问心，无风无雨。

每每到丹霞
总会堕入诗境
不是因为它的美
而是因为
它是心灵的故乡
若问炼丹事
俯首叩丹霞

昨年访丹霞
云梯高耸
宜若登天
脚下锦江静流
远处卧佛观天
一阵风动
顿觉天旋地转
——
转山河大地归自己
转自己归山河大地

今临丹霞
夕阳下
近观五马归槽
丹心普照
赤霞漫天
五马飞蹄跃长安
九龄昂首啸西风
尘烟远去
留下壮美诗篇

落日红霞

隐隐约约感觉
丹者莫非心
多少道人
深谷炼丹问道
无果而终
不知炼丹之术
是否修心
不知道可道非常道
可否问心
呵呵
天人之间有赤诚
山河大地归一心

（2018/10/6）

【赏析】

以“又问丹霞”为题，问的不仅是丹霞，更是一颗赤诚的丹心。炼丹不为丹，只为修心炼性治身。转山河大地归自己，则易；转自己归山河大地，则难。诗人耳顺之年走过六十年风雨历程，问心无愧，历经沧桑，现在已经到了无风无雨的淡然境界，也达到“转自己归山河大地”的人生境界。王国维说：“能写真景物，真感情者，谓之有境界。”王国维最崇尚一个人的“真”，他强调写真景物，真感情，要写得真切不隔，有境界。全诗运用拟人、夸张的手法，诗中有画、画中有诗，不用禅语、时得禅理，让人遐想无穷。

第一段，“每每到丹霞／总会堕入诗境／不是因为它的美／而是因为／它是心灵的故乡／若问炼丹事／俯首叩丹霞”，诗人每到韶关丹霞山，总会诗心荡漾，不在于美，而在于那颗故乡的初心（诗人出生于连南，过去连南与丹霞属于韶关），是诗心的源泉。炼丹不为丹，在于炼心，丹霞美景赏心悦目，诗情画意深入灵魂。

第二段，“昨年访丹霞／云梯高耸／宜若登天／脚下锦江静流／远处卧佛观天／一阵风动／顿觉天旋地转／——／转山河大地归自己／转自己归山河大地”，诗人回忆昨年游览丹霞山，美景依旧在眼前。山上云梯、脚下锦江、远处卧佛，动静结合，诗中有画。“一阵风动／顿觉天旋地转”旨在引出下一句。“转山河大地归自己／转自己归山河大地”，转山河大地归自己，则易；转自己归山河大地，则难。人生的道路靠自己，难与易掌握在自己的手中，从易到难，人生境界就是心灵的升华。

第三段，“今临丹霞／夕阳下／近观五马归槽／丹心普照／赤霞漫天／五马飞蹄跃长安／九龄昂首啸西风／尘烟远去／留下壮美诗篇”，诗人耳顺之年再临丹霞山，饱览美景，回忆起岭南诗祖张九龄有感于岭南文化底蕴，留下壮美诗篇，丹霞确是人杰地灵之地。

第四段，“落日红霞／隐隐约约感觉／丹者莫非心／多少道人／深谷炼丹问道／无果而终／不知炼丹之术／是否修心／不知道可道非常道／可否问心／呵呵／天人之间有赤诚／山河大地归一心”，表达炼丹不为丹在于炼心的境界。落日红霞余晖映照，以此意象表达诗人到耳顺之年，达到人生大悟境界，内心的净化才是真正的修身养性。“天人之间有赤诚／山河大地归一心”为诗眼，表现一种天人合一的境界，拥有一颗赤诚之心，转自己归山河大地，道法自然，无为不争，知足常乐，人生一大乐事。

又闻秋雨声

(79)

【题记】雨打芭蕉，滴滴秋愁。

回故乡
路过芭蕉林
秋雨来了
噼里啪啦打在蕉叶上
我弯下腰
从淋湿的泥路走过
一步一步
一年一年
穿越了半个世纪
这端是老蓑翁
那端是开裆少年

进了老祖屋
在神龛前磕个头
坐在竹椅子
望着天井
瓦槽里的水
嗒嗒地滴落下来
长长的雨丝
扯着多少春秋往事

门前
秋雨潇潇
远处的芭蕉林
在阵阵秋风中摇曳
频频点点
露出远方的群山
山腰的云带
系着百里的乡愁

（2018/10/16）

【赏析】

全诗用隐喻的手法，从秋雨联想到自己、联想到人生、联想到乡愁，表达一种历经风雨，对故乡初心不改，耳顺之年归乡超然潇洒的感情。这是一首富有广府韵味的诗，诗人看到张大千的芭蕉画有感而发，读完这首诗，会让人想起广东音乐《雨打芭蕉》。诗句有跳跃感，对话山水，留出空间让人遐想无限。“转自己归山河大地”本来难，但诗人在历经风雨人生后，在耳顺之年达到这种高境界，同时表达一种天人合一的意境。

第一段，“回故乡／路过芭蕉林／秋雨来了／噼里啪啦打在蕉叶上／我弯下腰／从淋湿的泥路走过／一步一步／一年一年／穿越了半个世纪／这端是老蓑翁／那端是开裆少年”，诗人从秋雨联想到自己，从一个开裆少年成为老蓑翁，这是一步一步走到耳顺之年。诗句从回故乡路上，看到雨打芭蕉引起的联想，让人遐想无限。

第二段，“进了老祖屋／在神龛前磕个头／坐在竹椅子／望着天井／瓦槽里的水／嗒嗒地滴落下来／长长的雨丝／扯着多少春秋往事”，诗人回到故乡，从秋雨联想到人生。人生风雨波澜，仰望浮云，俯视秋雨，花开花落、花落花开，诗人回忆起六十载春秋往事。故乡的一切，是诗人诗心源泉，也是初心所在。故乡的老祖屋、神龛、竹椅、天井、瓦槽，牵扯着多少春秋往事的烙印。

第三段，“门前／秋雨潇潇／远处的芭蕉林／在阵阵秋风中摇曳／频频点点／露出远方的群山／山腰的云带／系着百里的乡愁”，门前的秋雨，让诗人联想到乡愁。对话山水，天人合一，秋雨、秋风、芭蕉林、群山、云带，勾勒出一幅秋的画卷，撩起诗人的乡愁，表达诗人对故乡的眷恋和热爱。耳顺之年回到故乡，一切又回到原点，诗心和初心一样，永远都不会改变。

一只看雨的狗

80

1
这雨
真的来了
昨晚做了个梦
梦见雨神
雨神说
这人类呀
太可怜
这都火烧天了

醒来
被热醒的
我生来怕热
这些天热得我舌头直喘
远处的地面
一阵狂风
一场大雨扫了过来
我嗅到了雨味
有点尘埃
还有点草香
爽歪歪咯

正准备冲向雨中
唉
我被拴住了
主人也够狠心的
把我拴住干嘛
法盲啊
非法限制自由呀
拘留证呢

我要出去淋雨
我要自由

雨在下
我的眼泪在流
天还那么热
雨很快就要飘走
我只能
无奈地看着
因为
我是一只被人玩的狗

2
你怎么了
嗤嗤
你这么哭了
咕咕
你家主人呢
呸呸

你这么淋湿了
下雨了
你家主人没叫你带伞
我不知道主人是谁
管你的那个呀
哦，是只小狗叫冰糖
哈哈，它怎么管你
它要出去遛就要陪它呀
哦哦，我也想遛遛
我不是你家主人
我家主人在家里玩手机
求你把我放了吧
哦，我放了你是犯罪啊
什么罪
帮助狗狗私奔罪
那也挺浪漫
不，我家有冰糖呢
噢，我还是坐看风云起吧

3
这雨吧
也没什么
不让出去淋雨
咱看还不行
一阵风雨潇潇过
两眼依旧朦朦天

你们人类
心浮气躁吧
热得受不了吧
看我这厢
纵有枷锁多羁绊
我自心静得清凉

雨下吧
我看你的多情
听你的缠绵
有人理你
有人不懂你
懂与不懂

我都在自己草棚里

呵呵
世间多少烟云事
无关风雨无关晴

（2017/8/2）

【赏析】

这三首是同题诗，分别是狗的自叹、狗狗对话、狗的自白，从无可奈何到希望摆脱再到豁达洒脱，三首诗如晚清一代宗师王国维所言人生三境界。第一境界："昨夜西风凋碧树。独上高楼，望尽天涯路。"被拴的狗看雨，无奈流泪，渴望自由。第二境界："衣带渐宽终不悔，为伊消得人憔悴。"两只狗狗之间的对话，渴望自由的看雨狗希望获得自由的淋雨狗把自己带走。第三境界："众里寻他千百度，蓦然回首，那人却在，灯火阑珊处。"虽然还是那只看雨的狗，仿如历尽坎坷看透一切，表现出潇洒超然的境界，达到永恒自由之境，诗句产生"行到水穷处，坐看云起时"的开阔意境。三首同题诗，如三个电影画面呈现在读者面前。组诗以狗的口吻，用灰谐幽默的语言，形象生动的笔触，建构一个狗的世界，反映现实生活。这组诗让人忍俊不禁，但在会心一笑之余，让人感受到一种人生境界，感受到社会现实意义，感受到对自由的追求不仅在于身更在于心，体现一种心灵的品味与觉悟。组诗想象丰富，让人想起法国著名作家雨果曾经说过，"想象是伟大的潜水者"。诗人能写出如此引人入胜的三首同题诗，除了有独特的生活阅历，更有丰富的想象力，组诗三首是诗人天才的想象才能和艺术才能的集中表现。

第一首，从环境描写入手，“这雨／真的来了”，梦见雨神，怜悯人类，“这人类呀／太可怜／这都火烧天了”，夸张的写法，却让人感受到热浪滚滚。此处运用隐喻的写法，雨神也会怜惜人类，可是人却拴狗，不怜悯狗，让狗失去自由，形成鲜明对比。醒来的狗，感受到狂风暴雨带来的凉快，却被拴住无法冲向雨中。“法盲啊／非法限制自由呀／拘留证呢／我要出去淋雨／我要自由”，狗的自述，要争取自由。狗的眼泪如雨下，一个“飘”字几许伤感，“我是一只被人玩的狗”，无奈可怜的看雨狗，让人同情。

第二首，淋雨狗问候看雨狗，淋雨狗问为什么哭，看雨狗问为什么淋雨，“嗤嗤”“咕咕”“呸呸”，可爱的狗语言，充满趣味。狗狗对话充满温情且接地气，“我家主人在家里玩手机”，反映社会现状，入木三分。“求你把我放了吧／哦，我放了你是犯罪啊／什么罪／帮助狗狗私奔罪／那也挺浪漫”，读后让人哈哈大笑，写的是狗狗之间的故事，也是映射人与人之间的距离。“噢，我还是坐看风云起吧”，一句话已经茅塞顿开，豁然开朗。正是一种“行到水穷处，坐看云起时”的意境，体现一种心灵的品味与觉悟。

第三首，现代诗多次镶嵌古体诗，意蕴深远。“一阵风雨潇潇过／两眼依旧朦朦天”，风瑟瑟，雨潇潇，路漫漫，心朦朦，仿佛数不尽的世事沧桑历心头，是为狗，实为人，有人生最高境界“看山还是山”的意境。用狗的语言反映人类心浮气躁，犹如蒲松龄笔下以狐仙喻人。“纵有枷锁多羁绊／我自心静得清凉”，一种积极向上，乐观淡然的心境，世事无常多羁绊，心定神闲路自宽。盈一眸清凉，捻一路风雨，静由心生，境由心造，心静自然凉。“有人理你／有人不懂你／懂与不懂／我都在自己草棚里”，懂与不懂，我都在这里，表达一种恬静安宁，自得其乐的境界。“世间多少烟云事／无关风雨无关晴”，达到人生最高境界，世事如浮云，仿如苏轼《定风波》的境界：“回首向来萧瑟处，归去，也无风雨也无晴。”以狗的告白表达无论面对下雨还是晴天，都能不为天气好坏所动，不为人生起伏困扰的境界，表现心胸豁达，不以物喜不以己悲，荣辱皆忘的高风亮节。

清江听风

下篇

秋雨

81

秋天夜
豪雨穿过窗户的玻璃
打在我的床上
醒来
不见风雨不见天
电视机在唱《故乡的雨》

不经意
立秋已过
不见秋思过眉梢
只闻晨雨惊啼鸟
一阵清凉
梦回远方的大瑶山
那是秋的故乡
雨滴枫叶红
风摆南岭醉
下山
在祖上的朱家码头
等河水递来的那片红叶

雨在下
轻轻的打那一地枫叶
一夜秋凉一夜梦
雨来风止小城中

（2017/8/10）

【赏析】

一夜秋雨，思忆故乡；一片红叶，梦回小城。全诗以“秋雨”为线索，表达最爱是吾乡的真挚感情。围绕“秋雨”将故乡点滴描绘殆尽，产生听觉、感觉、视觉效果，诗人没有直接说思念故乡，但对故乡的思念之情流淌在字里行间。

第一段，“秋天夜／豪雨穿过窗户的玻璃／打在我的床上”，“穿”“打”两个动词用夸张的手法写出豪雨之猛烈。“醒来／不见风雨不见天／电视机在唱《故乡的雨》”，醒来雨停，却通过歌曲《故乡的雨》巧妙引出下一段，同时意在表达想念故乡之情。

第二段，“不经意／立秋已过／不见秋思过眉梢／只闻晨雨惊啼鸟”，描绘时光荏苒，白驹过隙的意境，后两句对仗工整。“一阵清凉／梦回远方的大瑶山／那是秋的故乡”，从清凉的感觉入手，梦里也想念大瑶山，故乡的秋天。“雨滴枫叶红／风摆南岭醉”，同样对仗工整，现代诗镶嵌古体诗，一幅充满诗情画意的秋天图画，雨点滴在变红的枫叶上，秋风拂过，风景如画的南岭令人陶醉。“下山／在祖上的朱家码头／等河水递来的那片红叶”，寓情于景，情景交融，红叶传情，如诗如画，山下的朱家码头，是子子孙孙的骄傲。

第三段，“雨在下／轻轻的打那一地枫叶／一夜秋凉一夜梦／雨来风止小城中”，从秋雨到落下的枫叶，从枫叶的凋落，知道秋天的到来。诗句蕴含一叶知秋的人生哲理，通过个别的细微的迹象，可以看到整个形势发展趋向与结果，同时对故乡的眷恋之情也跃然于诗。

七夕遐想

82

昨天的昨天夜里
在天河上遇见别人的梦
梦有多少
如熠熠闪烁的银河

今又七夕
不知是下凡
还是在鹊桥这端等她
她
也许来
也许在另一个桥头
等待她的等待

巡天遥看
脚下的珠江倒也美丽
江南的牌坊
那是西关阿娇的村口
她拿着桐油伞
雨中　雾中
等待对岸的少爷

江北的小渔村
那是东山的水道
小木船上
少爷捧书品味
吟一江秋水东去
咏两岸春风西来
潮汐　七夕
未觉彼岸孤影远
却闻小船歌声近

（2017/8/28）

【赏析】

七夕佳节，牛郎织女银河相会，中国的情人节，闪耀着旖旎浪漫的色彩。这首诗以“七夕”为题，“遐想”为诗眼，没有缠绵悱恻的爱情，却让爱情有了永恒的期待，留下了想象的空间，体现了七夕佳节的喜悦之情，让人遐思迩想。全诗用“银河、珠江、鹊桥、隔岸、云河、雾江……”编织一幅唯美的画卷，让人产生虚虚实实，淡然的感觉，又有超乎尘垢之外的遐想，具有艺术性与思想性的完美结合。让人想起佛家《金刚经》所言“如露亦如电”，爱情是无常的；“诸法因缘生，诸法因缘灭”，爱情是有因缘的。

第一段，“昨天的昨天夜里”，重复“昨天”，只为寻找遥远的梦幻。“在天河上遇见别人的梦／梦有多少／如熠熠闪烁的银河”，想起诗人前两天写的《梦的天河》，七夕这天也是应节。一道白茫茫的银河横贯南北，河的东西两岸，各有一颗闪亮的星星，隔河相望，遥遥相对，恰好一个七夕，牛郎织女，承载了爱情的浪漫。

第二段，托物言志，七夕牛郎织女的故事寄托人间多少美好的爱情。今天七夕佳期，不知是织女下凡，“还是在鹊桥这端等她”。桥的两端，天高水长，各自分离。“也许来／也许在另一个桥头／等待她的等待”，重复“等待”，抒发虚实之意和遐想之情。这份等待充满浪漫，如梦如幻，更有佛家无常之意，如佛家所言：得失随缘，心无增减。

第三段，抒写一个美丽的爱情故事，如牛郎织女般动人，一个西关小姐与东山少爷的浪漫故事。珠江、珠江南岸的牌坊，西关小姐在村口，手拿桐油伞在“雨中　雾中”等待对岸的东山少爷。

第四段，一个无言的结局，充满浪漫的色彩。东山的小渔村，东山的水道，小木船上，“少爷捧书品味”，知书达礼、学识丰富的东山少爷，吟诗作对，“吟一江秋水东去／咏两岸春风西来”，充满雅意文风。“潮汐　七夕”，潮起潮落，七夕佳节。虽然独自在船头捧书品味，心有诗书，所以“未觉彼岸孤影远”，“却闻小船歌声近”，听到小船的歌声越来越近，是否心中的阿娇已经到来呢？诗句让人冥想遐思，无限想象，温馨甜美，虚实结合，如诗如画，妙不可言。爱情，在静穆中生长，又在遐想中浓郁。

那山那水

83

路过这里
想起曾经的山水
那是少年的梦
那是诗的一方源头

山里人
骨子里都是山的韧
从不相信山有顶
一筒虾公酒
一双草鞋
背起山凹那一轮弯月
把一座座大山
垫在脚下
踹一脚
在山峰上盖个图腾

登临者
应有诗兴万千
俯众山沟壑
无尽风景
北望
延绵南岭
不知道隔断多少梦乡
潺潺流水
会那萌动的春色
萧萧凉风
揪那惆怅的初秋

摘一片枫叶
漂落寒溪

我
在山下的朱家码头
等你

（2017/8/31）

【赏析】

那山那水，山山水水总关情。诗人联想丰富，用朴实无华的语言，用夸张的手法，表达热爱故乡、钟情山水、倾心自然的感情。全诗意境深远，寓情于景，寻找一种宁静的感觉，抒发“胸中有丘壑”“一览众山小”的意境，表达自信坚韧的胸襟却又宁静致远的情怀。赋予山水以人的情感，使其成为诗的化身，表达物我交融、天人合一的境界。

第一段，诗人从路过地，想起曾经的山水，这山水是“少年的梦”“诗的一方源头”，正是故乡的山水，承载了童年的梦想、寄情山水的诗心。

第二段，“山里人／骨子里都是山的韧／从不相信山有顶”，表达诗人的坚韧自信、淳朴自然。“一筒虾公酒／一双草鞋／背起山凹那一轮弯月／把一座座大山／垫在脚下／踹一脚／在山峰上盖个图腾”，运用夸张的手法，简单的家乡美酒，既隐喻诗人宁静安适，又含蓄表达诗酒文化。背、垫、踹、盖，四个动词，凸显诗人的韧性和信心，是“胸中有丘壑”的情怀，也是一种人生感慨，表现物我交融、天人合一的意境。

第三段，登上高山，“一览众山小”的气势，诗意盎然，眼底无尽风景。“北望／延绵南岭／不知道隔断多少梦乡”，表达诗人对故乡真挚的感情。“潺潺流水／会那萌动的春色／萧萧凉风／揪那惆怅的初秋”，春去秋来，春天、初秋、流水、凉风，营造静谧明朗的气氛，表达寂静空灵的意境，其实春夏秋冬的心境，都在内心掌控之中。

第四段，“一片枫叶”，代表的是自己的梦想、心中的桃源。“漂落寒溪”，秋意渐凉，寒冷的溪流，没有影响平静的诗心。诗人回归自然，回归故里，回归“山下的朱家码头”，那孕育成长的故乡，等待梦想的实现，寻找心中诗的桃源。诗人喜欢故乡的那山那水，登山则情满于山，观水则意溢于水，诗句表现的正是文化人的人格魅力，委身于自然山水，寻找诗意回归。

神域

84

这里的传说
神奇得不可思议
砌在天际下那一级级
坚固的阶梯
不知道是纪年
还是山里人的旧梦

天街的尽头
是千年的盘王庙
供的是瑶神
一尊用大山里的老木头
雕刻着山人的神
不知道当年那位雕匠
在造神的时候
是否在一凿一刻中
听命神的旨意
当神像供上神龛
神便是神圣
香火缭绕
神龛下
弥漫着无数的虔诚

登阶梯
笃笃的脚步声
回荡山谷
传回来的声音
遥远
还有岁月感
停下急骤的脚步
听见

少年清风
咿呀咿呀过山脊

（2017/8/31）

【赏析】

诗源于一幅瑶寨照片，勾起诗人对童年时代故乡的回忆，充满怀旧情愫，有点感慨的味道。以“神域”为题，有没有神？什么样的神？也许只有诗人知道。或许那是一个特别奇特的传说，是一种感怀，一种对于美好传说的思考。全诗运用比喻、想象的手法，从感觉、视觉、听觉入手，抒发观照自己、感怀往事、寄于淡泊的情怀。神域是瑶寨人的心灵殿堂，现代社会的城市化，更增添了对于自己原生态的故乡的回味和向往。诗人对故乡的怀旧，也许出于对故乡人文景观的怀想，也许缘于现代人自身所处环境、对于自己生活空间的感怀和向往，聊以怅想。

第一段，瑶寨古老又神奇的传说，“神奇得不可思议”，像天梯，“坚固的阶梯”，仿佛书写了纪年，那是历史的记忆、古老的传奇，又仿如“山里人的旧梦”，给山里人带来寄托与希望。诗人从照片勾起了怀旧的感情，表达一种恬淡思忆的感情。

第二段，展现盘王庙、瑶神的视觉效果。“天街、盘王庙、瑶神”，让人遐思迩想。用细腻的笔法描写瑶神栩栩如生、惟妙惟肖的形象，“一尊用大山里的老木头／雕刻着山人的神”。“当神像供上神龛／神便是神圣／香火缭绕／神龛下／弥漫着无数的虔诚”，描写出古老瑶寨山里人的淳朴，一种对自然与神灵的寄托，虔诚的敬畏。诗人重构逝去的时光，再现瑶寨乡民的观念形象，表达眷恋和怀念之情。“神，天神引出万物者也。”神域，启示纯朴善良的乡民的智慧之意、内在思维；神，寄于心，牵引心，给心以法则。心和神，就像月球和地球，相互影响，相互牵引，构成瑶寨人虔诚的精神意识。

第三段，从听觉入手，诗人回忆少年的自己。“登阶梯／笃笃的脚步声／回荡山谷”，诗人对故乡的大山充满感情，最爱是吾乡。“传回来的声音／遥远／还有岁月感”，诗人充满感慨，岁月如梭，一切仿如旧梦。“停下急骤的脚步／听见／少年清风／咿呀咿呀过山脊”，结尾句由感慨转为恬淡，有阅尽千帆，归来仍是少年的沧海感。“景无情不发，情无景不生”。照片的瑶寨天梯触发诗人心中的情感，于是“物皆动我之情怀”；同时，心中的情感化为冥想的神域，于是“物皆著我之色彩”。内外交感，物我相谐，字里行间流露天人合一的境界，构成深邃沉挚、完美融彻的艺术境界。

山里，我的鬼马学生

85

课室
窗户没有玻璃
透风狗清凉
雨天
课桌上洒的是雨
那斑斑点点
不知有没有学生的梦
冬季
北风呼啸
用报纸把窗户糊上
调皮的家伙
捅破报纸
一只眼
窥视窗外的飘雪

十八芳华
青涩
白衬衣
弱小的个头
学生们叫一声老师
浑身不自在
这群马骝
有表叔表哥
有带着弟弟妹妹的
弟弟妹妹

上课
推开教室门
扫把从天而降
还带粉笔灰

头顶一片雪白
一阵笑声
融化了山凹上的雪
抖抖头发
——
同学们
今天讲新课《孔乙己》

一张毕业照
路上飘了四十二年
仿如昨日
一段燃烧的青春
一处山村独特的风景

（2017/9/9）

【赏析】

在教师节这天，读清风诗人的《山里，我的鬼马学生》有一种特别的感觉。全诗风趣幽默，读罢让人会心一笑，即使是发生在四十二年前初出茅庐的山村教师与鬼马学生的故事，在教师节的这天，也让人倍感暖心。题目“山里，我的鬼马学生”，“鬼马”一词，与诗中“马骝”一样，广府方言，指顽皮的孩子。“鬼马”是诗眼，用比喻和夸张的修辞手法，如电影蒙太奇般的手法，刻画出一群调皮捣蛋又可爱淳朴的乡村学生，还有初为人师充满青涩的山村教师。字里行间流露出山村学校读书环境的恶劣与学生来之不易的读书生活，表达诗人对曾经短暂的教师生涯及青葱岁月的美好回忆。

第一段，细腻入微的描写，写出课室教学条件差、设施落后、环境恶劣，发人深省。“课室／窗户没有玻璃／透风狗清凉”，形象的比喻，写出课室的简陋。“雨天／课桌上洒的是雨／那斑斑点点／不知有没有学生的梦”，雨天漏水，环境恶劣，在诗人笔下却把雨点联想到梦想，无论学生有无梦想，初为人师还是充满梦想。“冬季／北风呼啸／用报纸把窗户糊上”，冬季寒冷恶劣的学习环境，让人心寒。“调皮的家伙／捅破报纸／一只眼／窥视窗外的飘雪”，调皮的学生却对外面的世界充满好奇，不怕寒冷捅破报纸偷窥飘雪，表现出学生的天真顽皮、童真童趣与向上精神。

第二段，“十八芳华／青涩／白衬衣／弱小的个头／学生们叫一声老师／浑身不自在”，描写初为人师的羞涩，同样来自大山，清风诗人初中毕业时获得韶关地区语文第一的成绩，因为品学兼优而为人师表，刚刚高中毕业的清风回到母校当了毕业班的班主任兼语文老师，在与自己同龄的学生面前，来不及完成角色的转换，因此表现出不自在。“这群马骝／有表叔表哥／有带着弟弟妹妹的／弟弟妹妹”，轻描淡写地勾画出20世纪六七十年代的中国乡村小学的状况，流露出前来读书的学生的不容易，在那个人多力量大的时代，乡村学生能够有机会上学，实属不易，老师能够教好学生更加艰难。

第三段，如电影中的片段，调皮捣蛋的学生恶作剧，让人忍俊不禁却又充满无奈。“上课／推开教室门／扫把从天而降／还带粉笔灰”，一连串的动作，生动诙谐的比喻和夸张手法，粉笔灰如“头顶一片雪白”，学生们想必为自己的杰作捧腹大笑，难怪“一阵笑声／融化了山凹上的雪”，跳跃的意象，如电影蒙太奇般的手法。刚入行的老师唯有“抖抖头发”，和同学们讲新课《孔乙己》，以此让学生集中精神，正式开始上课，求知又开始了。

第四段，感情的升华，境界的提升。“一张毕业照／路上飘了四十二年”，“飘”字用得巧妙，难忘的记忆始终在诗人脑海中飘荡，纵使四十二年沧桑，仍然“仿如昨日”，因为这是“一段燃烧的青春”，青春是人生最好的时光，谁的青春不迷茫，有过迷茫，才懂得成长，才懂得人生。“一处山村独特的风景”，对于山村教师而言，这就是生活，这就是日子。山村教师，也许一生注定平凡，但心灵深处，时刻荡漾着积极向上的动人歌声。无疑，这是清风诗人对当年的学生们深深的惦念。

风从山中来。当年的清风也许没想过自己会成为一个诗人，从他执着的眼神不难看出，他一直很努力。

雷打秋

86

夜半
一声惊雷
从天上直击梦乡
以为春天
推窗只觉秋风起
望路不见夜雨停

外婆说过
雷打秋对半收
渔人的鱼
老舅家的庄稼
诗人的诗
禅者的风景
不知今秋收获几何

秋雷秋风至
飘来草原的蒲公英
也许
北方的秋思念南方的夏
让青翠的南岭
打了个喷嚏

此刻
手捧老月饼
回月亮湾邀月去
分一半归大江
给下游的人们送去秋色
留一瓣给明月
祈求月亮照亮山间故乡

（2017/9/23）

【赏析】

正值秋分，诗人以夜半雷声的灵感，写下一首应景诗。立秋日有无雷声对农民显得尤为重要，农谚有："雷打秋，冬半收"，若立秋日有雷电，农作物就要歉收。诗人以"雷打秋"为题，另辟蹊径，运用联想、比喻、夸张、拟人的手法，引起对外婆、老舅、童年、故乡难忘的回忆，表达最爱是吾乡的真挚感情，给秋天这个开阔的季节增添了诗意。秋分，心中有万千滋味，回忆往事点点滴滴，情不自禁唏嘘不已。秋分，预示着岁月轮回，春华秋实，无论自然界的现象如何，辉煌过后又是一季耕耘，以平和的心境面对未来。

第一段，诗人亲历"夜半／一声惊雷"，用夸张写法"从天上直击梦乡／以为春天"，犹如"春雷地奋，秋云风卷"，难怪诗人"推窗只觉秋风起／望路不见夜雨停"，惊雷、秋风、夜雨，秋夜大自然的气息浓厚。

第二段，回忆外婆的话，老舅家的庄稼，故乡童年往事记忆在脑海。外婆说过"雷打秋对半收"，可见农谚在乡村故土深入人心，庄稼的收成总是盼望大自然的恩赐。从昔日"渔人的鱼／老舅家的庄稼"联想到"诗人的诗／禅者的风景"，秋天的季节，是丰收的季节，是农作物成熟的季节，难怪"不知今秋收获几何"，丰收后欢乐的笑声在故乡田野上空回荡，也是诗意无限与风景宜人的季节。

第三段，描写秋天大自然的美，"秋雷秋风至／飘来草原的蒲公英"，"飘"充满动感，夸张的手法表达秋高气爽，秋风宜人，凉风习习，正是美好的时节。"也许／北方的秋思念南方的夏／让青翠的南岭／打了个喷嚏"，用拟人夸张的手法，描写秋雨一场，一夜知秋凉。

第四段，"此刻／手捧老月饼／回月亮湾邀月去"，"老月饼"

是记忆的符号，也许此刻诗人正是回忆童年故乡的中秋佳节。“分一半归大江／给下游的人们送去秋色／留一瓣给明月／祈求月亮照亮山间故乡”，大江、明月、大山，故乡亮丽的风景线。秋分，天高、云淡、气净、风轻，一个浪漫的节气。诗人寓情于景，用夸张浪漫的手法，表达对故乡的热爱与眷恋之情。“雷打秋”勾起满满回忆，忆起的是擦肩而去的流年，一切都将回归原来的本真，如江上清风、山间明月的故乡。

清风明月

87

头顶的这个月亮
不是故乡的那一个
月亮里没有老家的大树
也不见外婆在树下纳鞋底
月下门禁锁着
似乎不知道嫦娥即将登月
听不见清风明月的诗吟

这里没有中秋节
没有嫦娥奔月的神话
外婆的古仔也没有装满月亮
所以这里的月亮不是圆的
这里的世界只有上帝
神在第四天造了个月亮
照亮了晚上的苍穹
月老不管人间那些闲事
也无风月也无愁
有一种寿命就叫天长地久

路过此地
倒是多了几缕寒风
雪山卷着青草
吹过牛羊成群的乡村
没有熟悉的民歌
不由得想起了故乡
今夜的
山间明月江上清风

（2017/10/4）

【赏析】

题目“清风明月”，清凉的风，明朗的月，形容自然美景，清幽宁静，也是诗人心中的世外桃源，一种超尘脱俗的悠闲生活。王国维认为诗词：有有我之境，有无我之境。全诗洋溢“有我之境”的境界，“有我之境，物皆著着我之色彩”。境由心生，只有当一个人真正平静下来，听听内心的安宁，世间所有的纷扰都被沉静安抚下来，让心做到清、净、明。表达诗人人生的一种感悟，江上的清风有声，山间的明月有色，祖国江山无穷，风月长存，表现对祖国大好河山、江山风物的热爱和眷恋之情。

第一段，“头顶的这个月亮／不是故乡的那一个”，内心有观照，心中惦念故乡的明月，表达一种爱国爱乡之情。“月亮里没有老家的大树／也不见外婆在树下纳鞋底／月下门禁锁着／似乎不知道嫦娥即将登月／听不见清风明月的诗吟”，用联想的手法，从异邦的月亮，想到故乡的月亮，想到故乡、外婆，还有中华文化难以忘怀的神话与挥洒自如的诗词，更有清风明月般的洒脱超然。

第二段，“这里没有中秋节”，因为这是中华民族传统佳节，一个团圆喜庆的节日。诗人想起嫦娥奔月的神话、外婆的古仔，诗人心中“这里的月亮不是圆的”，因为中华民族中秋佳节花好月圆，太多美丽的传说故事。“这里的世界只有上帝／神在第四天造了个月亮／照亮了晚上的苍穹／月老不管人间那些闲事／也无风月也无愁／有一种寿命就叫天长地久”，写的是异邦的月亮，表达的是中华文化的博大精深、源远流长。

第三段，“路过此地／倒是多了几缕寒风／雪山卷着青草／吹过牛羊成群的乡村”，北半球的初春，还带着寒意。“没有熟悉的民歌／不由得想起了故乡／今夜的／山间明／月江上清风”，此处让人想起宋代苏轼《赤壁赋》：“惟江上之清风与山间之明月，耳得之而为声，目遇之而成色，是造物者之无尽藏也。”明代王阳明诗云：“山中莫道无供给，明月清风不用钱”，有异曲同工之妙。与题目和第一段呼应，表达诗人给时光留白，与明月清风为伴的豁达心境。

稻草鞋垫

88

天凉了
想起
童年的稻草鞋垫
远山的粤北人
不知道什么叫袜子
脚趾冻麻了
从覆盖了冰雪的草垛上
抽一把稻草
折了折塞进雨鞋里
有点暖
也许是离地面远了
脚还是松松的
不知道是鞋子大
还是脚小了
哦
这是父亲的军用雨鞋

路过那段童年
感受稻草的温暖
想起那个岁月
没有寒碜
只是诗书的一页
若能
把所有伤痕变成诗
便是
诗路无霜难为径
人生有味是清欢

呵呵
穿不合脚的鞋

走过自己命运的路
一路稻草
历经风霜雪雨皆风景
几多感慨
归来岁月无痕是悠然

（2017/10/13）

【赏析】

以“稻草鞋垫”为线索，字里行间流露对童年、故乡、父亲、军旅的回忆，感情真挚动人，言有尽而意无穷。虽然一切已经如稻草鞋垫般成为历史，但在诗人心中，一切都没有随着时间的流水埋没在过去的时光里，诗人用最美好的文字展现一种难以忘怀的记忆，这就是清风诗的魅力，不同角度的描绘，带给读者独特的感觉，内心世界荡漾在充满诗意的回忆中。三十多年前那场战争虽然早已远去，但却如同稻草鞋垫一样永远萦绕在诗人心中。全诗表达一种感慨万千又超然物外的心境，亲历战争军功卓著的英雄，总是无法忘记自己当年的一切。读罢全诗，人生的沉浮、情感的忧乐，自会有一番全新的体悟。

第一段，用白描手法，细腻描绘一双充满暖意的稻草鞋垫。“天凉了／想起／童年的稻草鞋垫”，由现实回忆童年的往事。“远山的粤北人／不知道什么叫袜子／脚趾冻麻了／从覆盖了冰雪的草垛上／抽一把稻草／折了折塞进雨鞋里／有点暖／也许是离地面远了”，童年故乡，那个物资相当匮乏的年代，留给诗人印象最深的是稻草鞋垫，冷与暖的对比，不仅仅作为生活用品的陪伴，更因稻草鞋垫回忆起对父亲的思念，让诗人回到经历过、体味过的那些日日夜夜。“脚还是松松的／不知道是鞋子大／还是脚小了／哦／这是父亲的军用雨鞋”，不知道其实就是知道，穿上父亲的军用雨鞋，既是因为那个穷困的年代，更是回忆起曾经征战沙场的英雄父亲，以及对父亲对自己日后军旅生涯的影响。

第二段，“路过那段童年／感受稻草的温暖／想起那个岁月／没有寒碜／只是诗书的一页”，童年、故乡，虽然是贫穷的年代，却感受到如稻草鞋垫带来的暖意。曾经的峥嵘岁月，诗人没有直接描写，用“诗书的一页”作为意象，表达军人的荣誉是用鲜血和烈火浇铸而成的，是战争的一页。“若能／把所有伤痕变成诗／便是／诗路无霜难为径／人生有味是清欢”，如果没有经历过战争，就无法想象亲历战火的军人的内心世界。这就是军人，真正的军人，不怕死的军人。那是一段刻骨铭心的经历，一段血与火洗礼后的重生。如凤凰涅槃、劫后重生，战争的伤痕化作抚慰心灵的诗篇，如苏轼笔下“人间有味是清欢”，享受清淡的欢愉。

第三段，“呵呵”一句，表达一切都需要释怀。“穿不合脚的鞋／走过自己命运的路”，不合脚的鞋，如同波澜起伏的外界环境，有些道路并不是人所能选择，但走上了就要努力，而且无怨无悔，相信努力可以改变命运，表达一种搏击风雨、笑傲人生的豪迈之情。“一路稻草／历经风霜雪雨皆风景／几多感慨／归来岁月无痕是悠然”，曾经的稻草鞋垫，陪伴诗人历经风霜雨雪，但一切过后皆会有美好的风景。几多感慨化作美好的诗篇，如苏轼笔下“回首向来萧瑟处，归去，也无风雨也无晴”，表达诗人不为人生起伏所困扰，心胸豁达，不以物喜、不以己悲，不畏坎坷的超然情怀。

瑶寨火神

89

四十年
没有见过火神
盘王节前夜
百里瑶岭迎火神
秋收接福
烧尽妖魔鬼怪
解不开的千年魔咒
道不清的万代神圣
自从盘古开天地
天生一洞瑶人
地设半壁仙境

雀跃声中
火神点化了夜空
回荡着千年绝响
——
洞庭的火种
火行千里到岭南
火红的头巾
火把照亮的八排
刀耕火种
三角猫火炉
火的秉性与坚毅
猎猎的火舞
……

火神之上
月亮爬上山背
数数归家的阿贵
看看月下梳妆的莎腰妹

瑶寨鸡犬相闻
张灯结彩
等待明天盘王节的吉日

（2017/11/3）

【赏析】

瑶族，一个充满浓郁少数民族文化风情又神秘的民族；瑶寨，一处古老而又风格独特的世外桃源；火神，一位寄托瑶胞心中信仰与祝福的神灵。全诗联想丰富、想象独特，充满时空特色，又徜徉着时空跳跃的意象，穿越历史时空、地域时空、心灵时空、文化时空，带领读者进入一个古老、原始、淳朴、善良的世界，洋溢着浓浓的民族风情，让人仿佛置身其中。表达人与自然和谐的天人合一的意境，三段诗句蕴含着王国维所言“知、行、得”的境界。全诗寓情于景，情景交融，字里行间流露雄浑壮观的意境，火是生命之源，生生不息的象征，代表勇敢与力量。

第一段，“四十年／没有见过火神／盘王节前夜／百里瑶岭迎火神”，诗一开篇引人入胜，诗人仿佛回到四十年前曾目睹火神的时刻，跳跃的时空，又带回今夜盘王节前夜瑶寨迎火神的日子。“秋收接福／烧尽妖魔鬼怪／解不开的千年魔咒／道不清的万代神圣”，火神到底是什么？诗句用丰富的联想和独特的想象，告诉读者火神的到来，对瑶胞何等重要。“自从盘古开天地／天生一洞瑶人／地设半壁仙境”，诗句穿越历史时空，回到盘古开天之时，瑶族自古有之，瑶寨古往今来就是人间仙境。此段让读者知道了瑶族、瑶寨、火神，抒写了一种“知”的境界。

第二段，“雀跃声中／火神点化了夜空／回荡着千年绝响”，火神在行动，代表着人们心中神圣的寄托与美好，宏伟壮观的场景，实与虚的融合，让人冥想。“洞庭的火种/火行千里到岭南/火红的头巾/火把照亮的八排/刀耕火种/三角猫火炉/火的秉性与坚毅/猎猎的火舞”，以“火”为线索，实际却穿越了历史和地域的时空，跳跃的意象告诉读者瑶族的历史，演绎着与火息息相关的传说。古老的瑶族祖先因对国家有功，皇帝恩准免徭役，故得名。南岭瑶族最早从湖南洞庭湖迁徙到广东南岭，沿途依靠火种的传递，来到连南。红头巾是瑶族风情特色，“八排瑶”书写了一个神秘的传说。瑶族先祖瑶遇山洪，剩姑侄，二人成婚，生八子，长大分到八座山头，八个姓氏，繁衍生息。当时原始社会，刀耕火种的生活，简陋如三角猫的火炉，瑶胞利用火的神圣战胜恶劣的自然环境和猛兽凶禽，以火的力量创造出振奋人心的火舞，延续了一代又一代的民族风情。唐代大文豪刘禹锡贬谪连州，写下《连州腊日观莫徭猎西山》，西山就是现在的连南。此段抒写了“行”的意境，古老的瑶族人民凭借着“火”的精神力量，远行万里抵达广东连南，生生不息，代代传承。

第三段，“火神之上/月亮爬上山背/数数归家的阿贵/看看月下梳妆的莎腰妹”，一幅温馨浪漫的画卷，瑶族小伙子称阿贵，小姑娘称莎腰妹，火神为媒，月老牵线，流传多少浪漫的爱情故事。“瑶寨鸡犬相闻/张灯结彩/等待明天盘王节的吉日”，瑶寨，如瑶池仙境，鸡犬相闻，天人合一，朴实无华，仿似世外桃源。回应首段“盘王节前夜”，瑶族同胞欢天喜地，准备第二天用吟唱、祭酒、舞蹈、上香等形式来祭祀盘王先祖，追溯历史。此段抒写一种“得”的意境，瑶胞得到火神保佑，过上幸福生活，并没有忘记盘王先祖，用各种热闹的方式欢庆民族最浓重的节日——盘王节。

读罢全诗，让人感到诗人借瑶寨火神表达一种文明的传承，一种文化的风情，一种勇敢的力量，也是一种人生“知、行、得”的境界。

瑶寨酒祭

90

十月十六
盘王节
高高举起一碗虾公酒
敬天
敬地
敬祖宗
——
公爹
请饮酒
感恩阿公
给我生命给我红头巾
过去日子贫穷
现在生活幸福
永远不忘祖宗的恩德
饮一碗
……

十碗过岗
月亮圆圆扁扁
在山凹摇摇晃晃
那是秋风吹的
天底下
没有不动的月亮
月亮走
酒在抖
醉美不过虾公酒
秋风凉
酒淡淡
淡得不醉田边虾公郎
郎把山歌对

讴对面山寨的莎腰妹
莎腰妹心已醉
羞得月亮云中飞

呵呵
百里瑶岭一碗水酒醉天地
十六月亮万山秋色秀乾坤

（2017/11/4）

【赏析】

全诗以“瑶寨酒祭”为题，既作为盘王节献礼，描写瑶族同胞以酒祭的方式迎来祭祀自己祖先的节日——盘王节，又勾勒一幅温馨浪漫的少数民俗文化风情画卷。酒祭，瑶族人喝酒前有个仪式，喃喃自语敬祖宗。瑶胞男女嗜好饮酒，爱唱歌，瑶族文学以口头文学为主，歌谣最为丰富。所以在日常生活中，常常以歌代替语言。诗人使用白描手法，运用拟人、夸张的修辞手法，寓情于景，情景交融，表达敬仰、感恩、淳朴的真挚感情。诗句真情流露，一切景语皆情语，句句紧扣，一气呵成。全诗也反映了瑶族经过上千年的传承，沉淀了丰富的文化资源，具有鲜明民族特色的文化艺术。

第一段，全段使用白描手法，朴实无华。“十月十六／盘王节／高高举起一碗虾公酒”，“盘王节”是瑶族最为盛大的节日，时间为农历十月十六日。虾公酒，有典故的酒，爷爷去赶集，竹筒打酒，路上孙子偷喝，田边加水，回家爷爷倒酒碗里，见活虾，可见水酒度数之低，美其名曰“虾公酒”。“敬天／敬地／敬祖宗／——／公爹／请饮酒／感恩阿公／给我生命给我红头巾／过去日子贫穷／现在生活幸福／永远不忘祖宗的恩德／饮一碗／……”，通俗易懂的自言自语，表达对先辈的尊敬和感恩，追念祖先的功德，歌颂祖先的奋斗精神，酬谢盘王的护佑，对今天幸福生活的珍惜，流露发自内心的真情实感。

第二段，“十碗过岗／月亮圆圆扁扁／在山凹摇摇晃晃／那是秋风吹的／天底下没有不动的月亮”，运用夸张拟人的手法描写酣畅淋漓的瑶胞眼中的月亮，圆圆扁扁、摇摇晃晃。“月亮走／酒在抖／醉美不过虾公酒／秋风凉／酒淡淡／淡得不醉田边虾公郎”，秋风轻拂，月亮浅笑，虾公酒恬淡，虾公郎纵使十碗过岗也毫无醉意。“郎把山歌对／讴对面山寨的莎腰妹／莎腰妹心已醉／羞得月亮云中飞”，温馨浪漫的爱情故事，纯朴热情、能歌善舞的阿贵哥渴望爱情，乘着酒兴向莎腰妹真情告白，莎腰妹甜蜜得心醉，“羞得月亮云中飞”，用夸张拟人的手法，寓情于景，如电影镜头从人到景的时空切换，给人无限遐想空间。

第三段，“呵呵”，为美好浪漫的爱情鼓掌。“百里瑶岭一碗水酒醉天地／十六月亮万山秋色秀乾坤”，对仗工整，展现一幅壮观浑厚的画卷。百里瑶岭万山秋色，山美水美人更美；十月十六盘王节庆，水酒情浓意更浓。

我在风景下划一杠

(91)

路上
许多风景
你看见的或看不见的
抑或是
被风景看见的你

旅途
你欣赏的是风景
你不欣赏的也是风景
路过的是风景
而风景
是一种路过

人生路
风景无数
我在风景下划一杠
在杠里圈圈点点
那也许是彩虹
也许是风雨
也许是诗
也许是遗忘在路上的灵魂
也许是
一片空寂

（2017/12/7）

【赏析】

全诗清新质朴、寓含哲理，睿思藏于字里行间，蕴含禅味，表达诗人豁达超然的心境，达到心无旁骛、一片空寂的最高境界，也是人生第三重境界“看山还是山，看水还是水”，这是一种洞察世事后的返璞归真。诗句意象丰富，路上、旅途、人生路，对风景的描摹，内涵无限丰富。诗句有视觉流动感，宛若电影画面，一幕幕涌入眼帘，使静止抽象的文字符号变为生动具体的视觉形象，具有现代艺术的意象迭加与电影蒙太奇手法的艺术功能。清人陆昆在评价诗句用了“对举中之互文”这个说法，“对举互文”的特征，即前后两句主宾语在内涵上相同而在功能上却发生了互换的倒置。这首诗第一、二段的诗句正是体现“对举互文”的特征。“许多风景／你看见的或看不见的／抑或是／被风景看见的你”“路过的是风景／而风景／是一种路过”，主体意象与客体意象的互换，增强了意境的效果，在视觉与听觉上都产生一种美感效果，隐喻的相对关联的哲理也得到了形象的深邃性和具体性。

第一段，“路上／许多风景／你看见的或看不见的／抑或是／被风景看见的你”，路上有许多风景，每个人都会遇到，无论看见或者看不见，都客观存在，这是现实性和必然性，也许在你还未察觉之时，现实的困境已经悄然而至。这里含蓄表达人生第一重界：看山是山，看水是水。涉世之初，怀着对这个世界的好奇与新鲜，对一切事物都用一种童真的眼光来看待，路上许多风景，你在看风景时，风景也在看你。

第二段，“旅途／你欣赏的是风景／你不欣赏的也是风景／路过的是风景”，这里表达人生第二重界“看山不是山，看水不是水”。无论欣赏与否，风景依旧，只是看的角度不一样，感觉不再欣赏了。也许因为红尘中有太多的诱惑，在虚伪的面具后隐藏着太多的潜规则，看到的并不一定是希望欣赏的风景，一切如雾里看花，似真似幻，似真还假，使人在现实里迷失了方向。“而风景／是一种路过”，当人开始用心地去体会这个世界，多了一份理性与现实的思考，风景不再是单纯意义上的风景，只是匆匆走过。

第三段，“人生路／风景无数／我在风景下划一杠／在杠里圈圈点点”，“划一杠”是全诗的主旨，因为人生路风景无数，唯有划一杠，即划一笔自己认为最美的风景，才能在杠里挥斥方遒。在此处感受人生第三重境界“看山还是山，看水还是水”，人生的经历积累到一定程度，不断的反省，对世事、对自己的追求有了一个清晰的认识，知道自己追求的是什么，要放弃的是什么。这时，“看山还是山，看水还是水”，只是这风景已有另一种内涵。“那也许是彩虹／也许是风雨／也许是诗／也许是遗忘在路上的灵魂／也许是／一片空寂”，彩虹、风雨、诗，都是诗人心中的风景。由风景上升到遗忘的灵魂与空寂的境界，正是人生的最高境界，如苏轼的诗“世事一场大梦，人生几度秋凉”。

云髻红枫

92

云是阿婆髻
髻是天上云
云髻山下
枫叶红处我梦溪
云绕过
故园依稀
云髻阿婆她——
春赏山花
夏弄清风
秋观枫叶
冬踏冰雪
一山归于我如来
四季自在心菩提

风吹云髻散
银河落九天
云髻山中
龙潭水浩渺
一江滔滔东流去
观南海潮汐
一江涓涓入流溪
听羊城粤曲
阿婆在那云顶
赏九连山回荡的歌声
我在下游
等待阿婆撒下的枫叶
那枫叶
历尽人间沧桑事
缠绵多少梦中雨

阿婆髻
天赐枫宝钗
地生朱碧玉
行云绿野
枫染幽谷
故乡本是桃源地
何须四处寻觅
云中阿婆髻
俯视人间两千年
遥望山河九万里
祈福新丰福地
风景独此美丽

【赏析】

这是一首写给2017年韶关新丰云髻山枫叶节的诗。云髻山，又名阿婆髻，山上红色的枫叶，洋溢着诗情画意，诗中有画，画中有诗。诗人别出心裁，以“枫叶”为主题，巧妙利用山的别名“阿婆髻”展开丰富的联想，以云、风、山的描写表达对大自然的赞歌，字里行间禅意绵绵，诗句行云流水，让人感受到“不用禅语，时得禅理”的意象，在唯美的画卷中体现超然脱俗的禅境。全诗运用拟人、比喻、联想、夸张的修辞手法，讲究押韵，虚实结合，时空交错，让人体味到纵使时光流逝、心如止水，却是风景这边独好的境界。在赞美新丰云髻山美好风光的同时，也表达诗人达到“转自己归山河大地”的天地境界。

第一段，从云的描写展开联想表达天人合一、心若菩提的人生境界。“云是阿婆髻／髻是天上云／云髻山下／枫叶红处我梦溪”，阿婆髻这座山上的云，就像头上的发髻，山下枫叶飘红，是诗人梦中的桃花源。“云绕过／故园依稀／云髻阿婆她——／春赏山花／夏弄清风／秋观枫叶／冬踏冰雪”，用拟人、比喻的手法描写云髻山春夏秋冬的美景，宛如一幅幅美好的画卷展现在读者面前。“一山归于我如来／四季自在心菩提”，借景生情，直抒胸臆，充满禅机。转山河大地归自己，则易；转自己归山河大地，则难。抒发一种佛家六祖菩提之智、豁达超然的人生境界。

第二段，从风的描写展开联想表达“世事沧桑心事定，胸中海岳梦中飞”的意境。“风吹云髻散／银河落九天／云髻山中／龙潭水浩渺”，由风及云到水，联想丰富，用比喻、夸张的手法勾勒一幅美丽的画卷。风吹云散，天上的银河仿佛落在龙潭，烟波浩渺。“一江滔滔东流去／观南海潮汐／一江涓涓入流溪／听羊城粤曲”，云髻山的水流分两支，一支流入南海，另一支流入广州的母亲河流溪河。“阿婆在那云顶／赏九连山回荡的歌声／我在下游／等待阿婆撒下的枫叶”，通过丰富的联想，跳跃的时空意象，构造一个唯美的画面，山的别名“阿婆髻”，联想到仿佛有位历尽沧桑的阿婆到达云顶，欣赏九连山的美景，诗人在下游，等待大山赐予的礼物——那片片令人陶醉的红枫。“那枫叶／历尽人间沧桑事／缠绵多少梦中雨”，借物抒情，寓情于景，以枫叶感怀人生际遇不同，饱经世事历尽人间沧桑，心中依旧向往梦中的桃源。

第三段，从山的描写表达对云髻山这块新丰福地的赞美，是诗人心中向往的桃源。“阿婆髻／天赐枫宝钗／地生朱碧玉／行云绿野／枫染幽谷”，用富有美感的笔触、斐然的文采、精彩的比喻描绘出一幅山水画，“阿婆髻”这座山，上天赐予枫叶作宝钗，大地又红又绿，白云飘飘，绿树成荫，枫叶在幽谷中散发迷人的魅力。“故乡本是桃源地／何须四处寻觅”，诗人踏破铁鞋无觅处，得来全不费功夫，心中的桃源就在眼前。“云中阿婆髻／俯视人间两千年／遥望山河九万里”，耸入云霄的“阿婆髻”，傲立人间两千年，像一位老者俯视大地遥望远方。“祈福新丰福地／风景独此美丽”，表达诗人对新丰福地的美好祝愿，如此美景正是诗人心中的桃花源。

梦话

93

半个月亮
挂在瑶寨的山门口
三角猫火膛
公爹在暖一壶虾公酒
炉火
映红了他脸上的沟壑
照亮了透着月光的
木寮

公爹捋了捋花白的胡子
斟满一碗酒
捏几颗黄豆
喝上几口水
舔了舔嘴唇
蜜味

酒罢
公爹拿来黄杨烟斗
走出木寮
装一袋旱烟
手颤抖着
也许是天冷
也许是酒寒

南岭
无山不瑶
无瑶不酒
无酒不醉
无醉不歌——
月亮你说说

公爹酒量有几多
一杯忽见天地醉
两桶犹如过小河

公爹已酣眠
梦话
酒逢千杯知已少
话不半句投机多

歌未了

（2017/12/1）

【赏析】

一张公爹（瑶族大爷的尊称）酣眠的黑白老照片触发诗人的诗兴，写下了这首愉悦之作。全诗洋溢着生活气息，又意蕴深远；简洁明快，却流淌着意境，体现向往悠哉悠哉的心境。梦话，睡梦中说的话，可能是反语或者故意说不清楚。全诗看似闲情逸致，实则寄托情感，语言浅显明了，形象自然，明白如话，质朴无华，十分本色。通过描绘瑶族房子的简陋，勾勒公爹悠然自乐的形象，表现了诗人的一种真性情。诗所描绘、所刻画的，也许是诗人追求的境界。诗句使用白描手法，叙事与抒情结合，通过细腻描写公爹“暖酒、喝酒、酒罢、酣眠”，表达生活其实很简单的道理，体味天人合一的境界，悟出知音的难能可贵。同时也向读者娓娓道来瑶族民族文化风情。

第一段，通过环境和神态描写公爹暖酒。“半个月亮／挂在瑶寨的山门口／三角猫火堂／公爹在暖一壶虾公酒”，平平而起，不着痕迹，却让人如置身其中，“三角猫火膛”，指三角形的火炉，形容房子简陋。“炉火／映红了他脸上的沟壑”，表明公爹饱经风霜，历尽岁月沧桑。“照亮了透着月光的／木寮”，木寮是瑶族的房子，诗人小时候经常去玩。“透着月光”说明瑶寨房子简朴。

第二段，通过动作和语言描写公爹喝酒。“公爹捋了捋花白的胡子／斟满一碗酒／捏几颗黄豆／喝上几口／舔了舔嘴唇”，“捋、斟、捏、喝、舔”，几个动作一气呵成，那种悠闲自在的心情和盘托出。

“蜜味”，是瑶族土话，美好的味道。

第三段，通过动作描写公爹酒罢、抽烟的悠哉悠哉。“酒罢／公爹拿来黄杨烟斗／走出木寮／装一袋旱烟／手颤抖着／也许是天冷／也许是酒寒”，公爹用黄杨木做的烟斗抽旱烟，“拿、走、装、颤抖”，细致入微的动作描写，刻画得活灵活现。

第四段，以公爹的形象写出瑶族浓郁的民族风情。“南岭／无山不瑶／无瑶不酒／无酒不醉／无醉不歌——”，南岭山脉是中国最大的瑶族聚居区，在南岭，有山就有瑶族，有瑶族就有酒，有酒就醉，醉了就唱歌。这也是诗人故乡瑶寨的民族风情。诗句用的是“无……不……”的否定，实质上是肯定，也是梦话的表达方式。“月亮你说说／公爹酒量有几多／一杯忽见天地醉／两桶犹如过小河”，用拟人、夸张的手法，由月亮引申到公爹酒量很大，喝一杯天地都会醉，其实是反语，一杯小意思。处处体现“梦话”这一主题。一副完全陶醉的可爱模样，实质是天地人的融合，表达天人合一的境界，述说生活其实很简单的道理。

第五段，通过公爹的酣眠引出诗的主题“梦话”。“歌未了／公爹已酣眠”，歌还未唱完，公爹已睡着了。“梦话／酒逢千杯知己少／话不半句投机多”，最后两句因为是梦话，讲的是反话，其实真正要表达的是诗人的内心感悟“酒逢知己千杯少，话不投机半句多”，表达知音难觅，一旦遇上，就会“酒逢知己千杯少”。诗人通过梦话的反语，留给读者去体会、去遐想、去思考。

珠江听潮

94

那一年
珠江潮起
涌来一个春天
没有花瓣
只有阵阵涛声
一个沉睡百年的春天
因为酣眠太久
因为积聚太多
因为等待漫长
醒来
海印横石千层浪
珠水纵流万顷波

我
端着艇仔粥
在珠江岸边听潮
听沙面的泪雨
听虎门的炮声
听大军南下的号角
听情满珠江的歌
听雅马哈鱼档的吆喝
听五层楼的粤韵
听清晨紫禁城的风
……

窗外
洛溪悠悠
帆影点点
珠江潮头逐云去
一行白鹭上青天

（2107/12/2）

【赏析】

这首诗以“珠江听潮”为题，“听”是诗眼，看珠水滔滔，听潮起潮落，由自然现象引喻社会发展，珠江横跨广州，见证广州的历史变迁，是广州一道亮丽的风景线。全诗用排比、比喻、联想的手法，跨越时空，列举广州的特色与历史，让人遐思无限。在赞誉广州发展的同时，也表达诗人悠然自乐的心境。

第一段，“那一年／珠江潮起／涌来一个春天”，巧妙地指改革开放的春天到来。“没有花瓣／只有阵阵涛声”，隐喻广州人务实肯干的作风。“一个沉睡百年的春天／因为酣眠太久／因为积聚太多／因为等待漫长”，过去的历史一去不返，今朝“醒来”，“海印横石千层浪／珠水纵流万顷波”，以海印桥、珠江水比喻广州的发展今非昔比，一日千里。

第二段，“我／端着艇仔粥／在珠江岸边听潮”，跳跃的时空，从那一年珠江潮起到今天诗人珠江听潮，如一幕幕电影，引领读者品味广州的特色与历史。荔湾艇仔粥，西关名小吃，历史悠久，源远流长，广州是一个有着两千多年历史的文化名城。“听沙面的泪雨／听虎门的炮声／听大军南下的号角／听情满珠江的歌／听雅马哈鱼档的吆喝／听五层楼的粤韵／听清晨紫禁城的风”，具有欧陆风情的沙面，曾经渗透着租界的血泪，书写着“华人与狗不得入内”的沉痛历史；今天发展迅猛的南沙自贸区，对面就是林则徐虎门销烟的旧址；《情满珠江》《雅马哈鱼档》……广州的电视电影曾经风靡一时；越秀公园的五层楼，即镇海楼，红墙绿瓦，巍峨壮观，被誉为“岭南第一胜览”，是广州的标志性建筑之一；广州是一座包容的城市，并非文化沙漠，这里有着包容的声音，听来自北京、来自全国各地的声音……

第三段，“窗外／洛溪悠悠／帆影点点”，时空回到窗外的珠江边，表现一种悠然自得的心境。“／珠江潮头逐云去／一行白鹭上青天”，珠水滔滔，既见证了改革开放的弄潮儿，又见证了“一行白鹭上青天”青山绿水蓝天白云之美。

扔块石头，听你的回响

95

往湖里扔块石头
湖面生了涟漪
一阵阵
似乎冲我而来
脚下
一剪睡莲
静静地看着夕阳

往河里扔块石头
咕咚一声
被浪花淹没
不知你落在哪
撞击你的那个巨浪
已顺流而去

往山谷扔块石头
等待你的回响
山风呼啸
秋色金黄
未闻飞石回音落
只见隔山晚秋来

（2017/12/8）

【赏析】

这是一首“不用禅语，时得禅理”的禅意诗。让人在空寂闲静中浮想联翩，体味意象空灵，境界清幽的禅境，产生“此时无声胜有声”的感觉，这是对世事看淡、对人生看透、对生命悟透的境界。扔块石头，一石击破水中天；听你的回响，未闻飞石回音落。全诗运用拟人、夸张的手法，通过往湖里、河里、山谷扔石，如电影蒙太奇般的手法，把扔块石头后的景象展现在读者眼前。诗的三段，犹如禅宗修行的三个境界。第一境界是“落叶满空山，何处寻芳迹”，重在“寻”；第二境界是“空山无人，水流花开”，重在“无”；第三境界是“万古长空，一朝风月”，重在“合”，达到天人合一的境界。

第一段，“往湖里扔块石头／湖面生了涟漪／一阵阵／似乎冲我而来”，石头落湖荡起涟漪，让诗人产生“冲我而来”的感觉，犹如修行的第一境界“寻”，“落叶满空山，何处寻芳迹”。“脚下／一剪睡莲／静静地看着夕阳”，用拟人手法和环境描写烘托一种空灵的意境，充满禅境的美。

第二段，“往河里扔块石头／咕咚一声／被浪花淹没／不知你落在哪／撞击你的那个巨浪／已顺流而去”，犹如修行的第二境界“无”，“空山无人，水流花开”。石头落河，咕咚过后，无论石头还是浪花，都一去无踪，表明一切已经削离出来，自成一独特世界，表达一种清净淡远的空无境界。

第三段，“往山谷扔块石头／等待你的回响／山风呼啸／秋色金黄／未闻飞石回音落／只见隔山晚秋来”，犹如修行的第三境界“合”，“万古长空，一朝风月”，表达天人合一、融合同一的意境。山谷扔石，等待回响，纵使“未闻飞石回音落”，却感受到大自然的美好，呼啸的山风、金黄的秋色，人与自然和谐共处，陶醉于大自然中，表达通灵开悟的意境。这是忘却心机、忘却物我、心物合一的最高境界。

清远道人

96

清远
清静的远方
远望千年
天开飞来峡
道十九
俯瞰千江明月
近看显祖
临川梦
泉水叮咚
回响万里蓝天

（2017/12/9）

【赏析】

“清远道人”，是明代末期戏曲剧作家、文学家汤显祖的自号，虽无明确证据表明其与清远相关，却也是他与清远冥冥中的缘分。万历十九年（1591年），汤显祖上奏《论辅臣科臣疏》，激烈抨击朝政，触怒权贵，被贬广东徐闻添注典史。赴任途中，途经清远，留下诗作18首，清远民歌、峡山、英德等山水人文入诗，其中多可见其对清远山水人文的深情厚谊。全诗短小精悍，言简意赅，表达一种宁静的心境，豁达的意境，赞誉清远飞来峡的洞天福地、美好风光及文化底蕴，同时也表达对苏轼、汤显祖两位文学家的赞颂，以及他们对岭南文化产生的巨大影响。

“清远／清静的远方”，清远，一个旅游资源丰富的城市，让人找到一份宁静致远的感觉，一种诗与远方的天地。

“远望千年／天开飞来峡”，飞来寺距今一千四百多年，宋代文豪苏东坡被贬岭南，路过飞来峡，饱览峡山风光，惊叹其险峻和奇妙的形势，认为确实为鬼斧神工之作，咏下了“天开清远峡，地转凝碧湾”的壮丽诗句。

“道十九／俯瞰千江明月”，全国有道教三十六洞天，七十二福地，清远飞来峡山排名“第十九福地”。中国佛教史上著名的高僧都先后来过飞来寺，增添了飞来寺的历史和文化底蕴，成为名副其实的岭南佛教名胜。在这里感受到“千江有水千江月，万里无云万里天”的境界。

“近看显祖／临川梦／泉水叮咚／回响万里蓝天”，汤显祖写下著名的“临川四梦”，千古绝唱。汤显祖被贬岭南，创办徐闻贵生书院，书院前庭有一口古井，称为“梦泉”，相传为汤显祖所凿。据说他饮了这口井的泉水后，做了一个梦，获得了《牡丹亭》的灵感，成为不朽名作。

家乡水

97

触摸家乡
从干裂的嘴唇开始
一碗家乡的井水
消去一路疲惫
喝干
一声长叹
解了半生的思念

家乡水
孕育了我的生命
给了我幼小的灵魂
水的源头
是涓涓细流马安河
水的下游
连江北江珠江
天河红河莱茵河
游走归来
舀一瓢家乡水
冲去身上尘埃
疏浚血脉中的河障

百川归海
神州江河本同源
风雨兼程
万方归处是初心

（2017/12/22）

【赏析】

俗话说："亲不亲故乡人，美不美故乡水。"以"家乡水"为题，娓娓道来，朴实无华，清新自然，意蕴深远。家乡水孕育生命，即使游走万里，也萦绕着游子思念家乡的情怀，是灵魂之所、初心之处。诗句用白描手法，通过对比表达故土难离的情怀。点睛之句更是由家乡水联想到中华故乡水，表达江河水万脉，终归同源，乃众望所归的思想，表现人生风雨兼程不忘初心的境界，以及"弯弯曲曲如我路，兜兜转转又回环"的豁达心态。

第一段，"触摸家乡／从干裂的嘴唇开始／一碗家乡的井水／消去一路疲惫／喝干／一声长叹／解了半生的思念"，家乡的情怀，从家乡井水开始，一碗下去消除疲惫，游子思乡情，此处最萦牵。

第二段，"家乡水／孕育了我的生命／给了我幼小的灵魂"，家乡水是生命之源。"水的源头／是涓涓细流马安河／水的下游／连江北江珠江"，从水的源头到下游，孕育着生命与家园。"天河红河莱茵河／游走归来／舀一瓢家乡水／冲去身上尘埃／疏浚血脉中的河障"，从异国异乡游走归来，还是喜爱那充满柔情的家乡水，除却一身困顿。

第三段，"百川归海／神州江河本同源／风雨兼程／万方归处是初心"，点睛之句，由家乡水升华到中华故乡水，表达诗人满腔家国情怀以及初心不变的境界。

故乡银杏

98

这银杏没什么特别
没人做它的广告
也就没有虚假
它很真实
该绿的时候绿在树上
它有口
不会胡说那个八道
纵使落下
也给故乡的冬季
一小片风景
不管路人
看不看它一眼

山里人很直
对银杏情有独钟
干脆把银杏的叶子
雕在了灯柱上
忠实于原著
没有改编
比起时下的虚荣与奢华
多了点念想

哦
那一年
来过盘王节
那个阿贵和莎腰妹的
定情约会
呵呵
来时深秋去时冬
一叶又撩我乡思

（2017/12/24）

【赏析】

这首诗以“故乡银杏”为题，用白描手法书写散发出一种王者气质的银杏，表达诗人心灵的感悟和洒脱的心境。以银杏隐喻一种真实不虚荣的处世态度，对人情世故淡然处之，随着岁月流逝，淡淡守住心灵这方净土，就像银杏一样亘古不变。真实，是人生的最高境界，依心性而行，该作则作，不该作则止。同时也表达诗人的思乡之情以及山里人的淳朴自然。

第一段，“这银杏没什么特别／没人做它的广告／也就没有虚假／它很真实／该绿的时候绿在树上／它有口／不会胡说那个八道”，银杏没有什么特别之处，但贵在真实不虚，不作假，不撒谎，该怎么样就怎么样。“纵使落下／也给故乡的冬季／一小片风景／不管路人／看不看它一眼”，银杏纵使落下，也会给故乡增添一处风景，不管人们是否懂得欣赏，我走我道路，表达诗人豁达淡泊的处世之道。

第二段，“山里人很直／对银杏情有独钟／干脆把银杏的叶子／雕在了灯柱上／忠实于原著／没有改编／比起时下的虚荣与奢华／多了点念想”，耿直朴实的山里人对银杏情有独钟，把银杏叶子雕在灯柱上，真实简朴，就好比忠实于原著不作改编。诗人感叹时下社会虚荣与奢华，人们追求物欲横流的生活，缺乏心灵深处的念想。

第三段，“哦／那一年／来过盘王节／那个阿贵和莎腰妹的／定情约会”，银杏让诗人想起那一年盘王节，与朋友来瑶寨采风，观看阿贵哥与莎腰妹的表演。“呵呵”一句表达感怀之情。“来时深秋去时冬／一叶又撩我乡思”，以银杏叶感叹时光荏苒白驹过隙，时光一去永不回，往事只能回味的思乡之情。

我不是老师

99

【题记】

师者，能感悟我之万事万物也。

教师节
有人称呼我老师
有点羞涩
经常在梦里
梦见故乡的马安河
河畔的简陋小学
摇摇晃晃的三尺讲台
冬天报纸糊的窗户
那些淘气可爱的学生
还有
我敬重的老师
那高大挺拔的木棉树

多少年以后
发觉我不是老师
师者
能感悟我之万事万物
小路的曲折之悟
流水的上善之理
闪电的空色之禅
人生的得失之道
……
师者无数
清风唯有恭恭敬敬
学而不倦

我永远是个学生
在师者如林的当今
坐定半张木凳
以天地为师

以万物为师
以同行者为师
修身明德
参禅悟道
写一篇无字天书

（2018/9/10）

【赏析】

这首诗以“我不是老师”为题，在教师节这天，曾经历短暂教师生涯的诗人态度谦逊，以万物为师，师道与禅道结合，表达了“师者，能感悟我之万事万物也”的观点，这是一种高远豁达的胸襟。全诗运用比喻的手法，富有时空意蕴，从回忆短暂教师生涯、为何我不是老师、我永远是学生三方面道来，融入师道与禅道，表达一种高境界的师道理念。具有清风诗“五维五悟十致”的境界，“五维”的“风度”、“五悟”的“空”“十致”的“致理致明”。

第一段，“教师节／有人称呼我老师／有点羞涩／经常在梦里／梦见故乡的马安河／河畔的简陋小学／摇摇晃晃的三尺讲台／冬天报纸糊的窗户／那些淘气可爱的学生／还有／我敬重的老师／那高大挺拔的木棉树”，诗人在梦里回忆在故乡曾经短暂的教师生涯。今天教师节，有人称呼诗人为老师，诗人想起曾经羞涩的少年时代当过老师的情景。马安河畔、简陋小学、三尺讲台、报纸糊的窗户、淘气可爱的学生、如木棉树般令人敬重的老师，一直萦绕在诗人的脑海里挥之不去。

第二段，“多少年以后／发觉我不是老师／师者／能感悟我之万事万物／小路的曲折之悟／流水的上善之理／闪电的空色之禅／人生的得失之道／……／师者无数／清风唯有恭恭敬敬／学而不倦”，诗人阐述为何“我不是老师”的缘由，因为“师者，能感悟我之万事万物也”。

这是一种高瞻远瞩、豁达大度的胸怀。“小路的曲折之悟／流水的上善之理／闪电的空色之禅／人生的得失之道／……”，曲折之悟、上善之理、空色之禅、得失之道，诗人耳顺之年，经历人生风风雨雨，禅道与师道融合，感叹师者无数，清风诗人谦逊而有风度，学海无涯苦作舟。

第三段，“我永远是个学生／在师者如林的当今／坐定半张木凳／以天地为师／以万物为师／以同行者为师／修身明德／参禅悟道／写一篇无字天书”，清风诗人谦称“我永远是学生”，是一种胸襟开阔的境界。无字天书是最高的境界，西游记中无字天书正是真经所在。以天地、万物、同行者为师，诗人觉得能够感悟自己的一切，故皆可以为师。“修身明德／参禅悟道”，是一种禅宗的境界，最后“写一篇无字天书”，达到人生的最高境界。诗人认为“我不是老师”，这是放眼天地万物，耳顺之年的高屋建瓴。

路

100

【题记】
路是人写出来的。

从前的路
今天摞了起来
原来
很远很远
远得无始无终
如今
很高很高
高得云绕九天

路漫漫
我用手写我的路
一笔一划
一个逗点一喘息
一处句号一歇脚
日复一日
年复一年
那支自来水笔
吱吱地写
写成了一条路
一条弯弯曲曲的路
哪怕是小道
也是自己铺就的路
尽管这条路
只有一次通行权

今天的路
是盘山的路
从深谷扶摇直上
九九八十一拐
每一个拐

都是一处风景
风景里矗立一个风碑
碑文的作者
就是我
不知道写了什么
不需问是对是错
胡乱涂鸦
搅拌
作那铺路的煤渣

一拐又一拐
八千里路云和月
云飘过
碑文淡去
只有夜空的明月
照亮无字的碑
路之巅峰
一览众山小
秋风里
驱散虚无的路段
风景这边独好

（2018/10/9）

【赏析】

诗人面对自已数十本日记，感慨之余，写了这首诗，然后将所有日记本付之一炬。

路是人写出来的，诗也是人写出来的，是诗意人生者的心路历程。路，既是诗人的心路，也是诗路。诗人以“路”为意象，驱散虚无的路段，风景这边独好，诗心所在，境界高远。表达诗人热爱写诗，通过诗路历程寻找心中的桃花源。诗句富有时空意蕴，从不同角度深入思考，以前是跋山涉水走我路，现在是登上顶峰“一览众山小”。这是一种境界，以前是“看山是山”，现在诗人在耳顺之年“看山还是山”，但这山已经是“一览众山小”了。无字碑纵使无字，一切已经刻在心路上。全诗叙事、抒情、议论结合，运用拟人、比喻手法和幽默的笔触，具有清风诗“五维五悟十致”的境界，“五维”的高度，“五悟”的空，“十致”的致理致明。

第一段，“从前的路／今天摞了起来／原来／很远很远／远得无始无终／如今／很高很高／高得云绕九天”，诗人看到过去的工作笔记本有感而发，回想起过去的历程，这是一条不平凡的路，了解诗人的人都知道，他从事的工作可谓重要，用一句“知我者谓我心忧，不知者谓我何求”再恰当不过了。回头看，诗人似乎举重若轻，过去是远得无始无终，今天是高得云绕九天。路在于心，一切都是从心出发，一切仿佛虚无缥缈却又是精神乐园，具有禅宗高远的境界。

第二段，“路漫漫／我用手写我的路／一笔一划／一个逗点一喘息／一处句号一歇脚／日复一日／年复一年／那支自来水笔／吱吱地写／写成了一条路／一条弯弯曲曲的路／哪怕是小道／也是自己铺就的路／尽管这条路／只有一次通行权”，诗人用风趣的语言、拟人的手法，描绘自己工作之路，表达对工作的热爱和寻找心中的美好。

第三段，“今天的路／是盘山的路／从深谷扶摇直上／九九八十一拐／每一个拐／都是一处风景／风景里矗立一个风碑／碑文的作者／就是我／不知道写了什么／不需问是对是错／胡乱涂鸦／搅拌／作那铺路的煤渣”，今天的路，是诗人历经风雨的道路与心路，纵使艰难曲折，也无怨无悔。路，如盘山路，如西游记九九八十一难的路。但诗人眼中，直路曲路皆风景，尽管写过了，也许不再留恋，不问对错，拿得起，放得下，但这条路处处给自己留下风景。“／风景里矗立一个风碑／碑文的作者／就是我／”，表达诗人内心深处的自信、无悔与洒脱。

第四段，“一拐又一拐／八千里路云和月／云飘过／碑文淡去／只有夜空的明月／照亮无字的碑／路之巅峰／一览众山小／秋风里／驱散虚无的路段／风景这边独好”，诗人在耳顺之年，看淡、看透、悟透人生，把人生道路化作了心路，使原有的诗路达到新的境界。登高望远，一览众山小，路就在脚下，一切俱往矣。诗人忘却虚无缥缈的路，寻觅心中独好的风景。无字碑，是诗人最具智慧的心路与诗路，那里有诗人心中的梦想。